生とは、死とは

瀬戸内寂聴・堀江貴文

JN284521

角川新書

はじめに

瀬戸内寂聴

最近、注目している人と会って話をしてみませんかと、出版社の編集者に言われた時、私は即座に、

「ホリエモン！」

と叫んでいた。

「相変わらずお若いですね」

編集者が半ば呆《あき》れた表情で言う。その時、私は九十一歳であった。そして、ホリエモンで世間に通っている堀江貴文さんは、私よりまさに半世紀若い四十一歳で、私の孫娘と同い年である。この編集者は優秀な腕利きだが、惜しむらくは高齢者の神経にうとい。

人間は年をとるほど同年輩や自分より高齢の相手には興味など失っていく。自分よりははるかに若い相手に向かいあっているだけで、彼等の全身の細胞が発散する呼吸の気配が自

分の体に伝わってきて、自分自身の古びた血液がいきいきと洗われるような気がするのだ。つまり、相手の若さを吸収している。そして、どうせ会うなら自分の住んでいる文学の世界の人より、全く関係のない別の世界の人の呼吸をもらいたいものだと思う。ホリエモンとは四年前に対談している。それ以来久しぶりの対面をしたくなってきた。

たまたまホリエモン、本名堀江貴文さんは懲役二年六ヵ月の実刑判決で牢屋《ろうや》に入っていたのだが、中での態度がよかったのか、半年早く出所したばかりであった。二〇一三年三月のことで、マスコミはそれを迎えて大騒ぎになったが、九月にはめでたく刑期終了となり、晴れて娑婆《しゃば》の人となっている。私はそんなとんでもない経験をしてきた堀江さんにじかに会って話が聞きたくなったのだ。

堀江さんが罪人のレッテルを貼られ、捕まったのは、「ライブドア事件」というものであった。何でも、若くして堀江さんが立ちあげ社長になっていたライブドアという会社があれよあれよという間に目覚ましい成功を収め、経済界では驚異になっていたらしい。

六本木界隈《かいわい》で肩で風を切って歩いた堀江さんが、「人の心も金で買える」と言ったという噂が伝わった時、私はそれまで全く興味もなかったこの人を「バッカじゃなかろうか」とお腹の中でひとり笑っていた。この人と私はこの世では無縁で終わるだろうと思っていた。

ライブドア事件が勃発《ぼっぱつ》して世間を騒がせた時も、ほとんど無関心だった。何しろ経済オンチの私には「粉飾決算」とか「テレビ局買収」とかいわれても、さっぱり理解できないのである。ただし、「裁判」にかけてはいささかの知識がある。

私は三十歳過ぎから今日まで、ペン一本にすがって生きてきた。六十年以上の歳月に書いた作品は小説の他に随筆もある。四百冊余りの本になっている中で、自分でも好きで出来のいい作品に、実在した過去の女性の伝記的なものが多い。死期の近づいた今になって振り返ると、私が「書いておいてよかった」と、しみじみ思うものばかりである。樋口一葉《ひぐちいちよう》、田村俊子《たむらとしこ》、岡本《おかもと》かの子《こ》など、女流作家の他に、革命を志し、大逆罪の名で捕えられ、裁判で断罪され、日本でただ一人の女性革命家として死刑になった管野須賀子《かんのすがこ》と、獄中で縊死《いし》した金子文子《かねこふみこ》の二人を書く時は、旧憲法による裁判の一部始終を残された裁判記録でつぶさに見ていたし、彼女たちの残した手記で、更に詳しい状況を察することができた。それによって、日本の裁判の恐ろしさを知った。当時の死刑の様子も詳しく知ることができた。『遠い声』で管野須賀子を、『余白の春』で金子文子を書き残した。

明治・大正の裁判と昭和・平成の裁判は本質的には同じだと思う。

昭和になってから「徳島ラジオ商殺し」の名で知られた殺人事件に関わることになった。夫殺しの犯人と決定され、捕えられた冨士茂子《ふじしげこ》は私の卒業した女学校の先輩でもあった。卒業後、カフェで働いている時、客として知り合ったラジオ商の三枝亀三郎と知り合い彼の懇請で三枝の内妻となり、女の子を産んでいる。

先妻は三人の子を残して家を出ていた。茂子は先妻の子もわが子同様、心を尽くして面倒を見ていた。未明に襲った殺人者は同じ部屋に寝ていた茂子にも斬りつけ、茂子も背に傷を負っていた。

ところが事件が起きて間もなく、ある日、いきなり茂子が犯人として逮捕された。茂子を犯人とする証拠は何もなく、二人の住み込みの少年店員の証言だけが決め手とされた。自分は犯人ではないと主張し続けていた茂子もついに自白したということで、茂子は夫殺しの女として刑を受け、和歌山の女子監獄に収監された。

この事件のルポルタージュを『婦人公論』から依頼され、私は徳島に飛んだ。茂子の妹や妹婿にも会い、先妻の子どもたちや茂子の女の子にも会った。二人の少年店員は既に二十歳を超えていて、一人は大阪で働き、残った一人は明日が結納だと嬉《うれ》しそうだった。

婚礼をひかえた青年は、私の質問にひるまず、

「奥さんが何で殺《や》るもんか。どしてあんな証言したかって。あのな、あそこは捕まってみんもんには絶対わからんが、そりゃ怖い所でよ。奥さんを犯人にするまでは家に帰さんと一日何時間も責められて脅かされた」

と、吐き出すように言った。和歌山刑務所にも廻《まわ》ったが、面会は許されなかった。

グラビア入りのそのルポが目に付いて、私は茂子の無実を晴らす支援会の一員にされてしまった。神近市子《かみちかいちこ》、市川房枝《いちかわふさえ》という政治家が音頭を取り、女流作家、画家、音楽家、女優たちが五十人ばかり集まっていた。

自分の書いた小説に導かれ、私は次第に多くの過去の裁判の数々に触れていった。

その上、どういう運命のいたずらか、私は裁判で苦しんだ人々との縁が次々と結ばれるようになった。冨士茂子さんとは結局、茂子さんが死んでも縁がきれず、遺族の妹さんたちが引き継いだ再審請求の支援を続け、実に二十四、五年の歳月が過ぎた。その間に神近市子さんはじめ、支援者たちは次々死亡したり、老衰で運動から外れていったりして、気がついた時は、市川房枝さんと私の二人だけになっていた。

そして、長い歳月の果てに漸《ようや》く再審が実現し、茂子さんの無実が立証される日を迎えた。

その日、南国徳島に雪が舞い、凍りつくような風が吹いていた。お立ち台に立った市川さんの挨拶《あいさつ》は神々しく人々はすすり泣いていた。

それらの経験のおかげで、私はその後も裁判に悩む人々から何かと相談を持ちかけられたり、支援も頼まれたりしていた。そして、気がついたら、世の中から悪人のレッテルを貼られ、獄舎につながれた人たちとの友人関係が呆れるくらい多くなっていた。永山則夫《ながやまのりお》、永田洋子《ながたようこ》、重信房子《しげのぶふさこ》さんたちとは面会にも行っているし、永田さんとは往復書簡の本も出している。

付き合ってみると彼等は揃ってどこか単純で、純情で、情熱的であった。悲劇的な運命を背負っているため、共通して悲劇的な匂いをたたえ、そこはかとなく粋《いき》なエロスの匂いがただよっていた。面会室へ入ってくるなり、彼等は揃って、初対面なのに十年の知己のような無防備な笑顔をふりまいてくる。揃ってそうなのである。限られた時間に話すことはほんのわずかなのに、長い深い会話を交わしたような気がしていた。

ホリエモンが収監された時、私は何度か面会に行きたい衝動にかられたが、気持ちを抑え込んだ。出てきたホリエモンはすぐに本を書いた。『ゼロ』というその本を私は早速読んでショックを受けた。収監された日、ホリエモンは予期せぬ孤独感にさいなまれ、泣いたという。その泣き声を聞いた看守の若い男が「泣きたければ僕がいつでも話し相手になりますよ」と話しかけてくれたという。泣いている男も、それをそっと慰めてくれている男もいじらしくて、私は駆けよって二人とも抱きしめたいと思った。「この世は美しい。人の心は甘美である」とつぶやいた最晩年の釈迦《しゃか》の言葉が思い浮かんだ。改めてホリエモンに会いたいと思った。

現実に久々に目の前に立ったホリエモンは九十一歳の私の目には「可愛らしい」と映った。悪びれず人なつっこい微笑みをたたえた素顔には、誰をもひきつけるあっけらかんとした魅力がまだあふれていた。

私たちは何の制約もなく話しはじめた。寂庵《じゃくあん》へ初めて訪れる客のすべてがくつろいだ表情を浮かべるように、ホリエモンも直ちにそんなふうにリラックスした。私は想像していたより健康そうでふっくらして見える状態にまず安心した。ほめるつもりで肥《ふと》ったのねと言ったら露骨にいやな顔をした。二十六歳の私の秘書に、

「男でも女でもみんな痩せたいんです。肥ったねというのは禁句ですよ」

と叱られた。その後は、私たちは寂庵だけではなく、東京や京都のホテルやKADOKAWAの応接室で会合した。一回に三時間も喋《しゃべ》り続けた。私たちの意見は大体一致したが、

原発と戦争の話だけは真っ向から対立した。私は必死に抵抗してみたが、ホリエモンの能弁にまくしたてられると弱腰に思えた。それでも私たちはお互いの意見は意見として尊重して喧嘩《けんか》にはならなかった。どの席にもお酒はなかったし、終わるとホリエモンはいつもそそくさと立って別れをつげ、次の仕事場に飛んでいく。

最後に会ってほどなく、私は背骨の圧迫骨折になり、倒れてしまった。もし、これで死んでも、ホリエモンとあれだけ喋ったのだから悔いはないなと病床で私は朗らかであった。

若い人たちがこの本を読んでくれると嬉しい。そして、私のいう原発と戦争について、自分の意見を見つけてくれることを切に願っている。

目次

1 死ぬってどういうことですか？

いつかは死ぬ。死ぬことを考えたら生きることが見えてくる

瀬戸内　堀江さんの『ゼロ』*1読みましたよ。子どもの頃死*2ぬのが恐かったって書いてましたね。大人になった今でも？

堀江　今でもですね。

瀬戸内　この方ね、非常に繊細なのよね。だから、いつもなんか強そうな顔してるけど、すぐ泣くのよね。

堀江　（笑）。

瀬戸内　心が柔らかいの。だから、ひとりになったらそういうことずっと考えるんでしょうね。私の場合、九十二年も生きてるでしょ。だから今夜死んでもおかしくない。死はいつも身近にあるから。あのね、本を出すとき出版社が十年ほど前から「最後の小説」*3って書いていいですかって言うのよ。そう書いたほうが売れるんです、って。もうそれで何冊か出てるわ（笑）。

堀江　それは「死ぬ死ぬ詐欺《さぎ》」ですね。

瀬戸内　でもね、やっぱり書くときは「本当にもうこれが最後かな」って思ってるもの。だってもうこの歳だから書いてる途中で死んで当

＊1『ゼロ――なにもない自分に小さなイチを足していく』
2013年、ダイヤモンド社刊。「すべてを失ったいま、伝えたいことがある」。収監終了後の堀江のベストセラーとなった書き下ろしエッセイ。

＊2 死ぬのが恐かった
《はじめて死を意識したのは忘れもしない、小学1年生の秋である。（中略）突然、気がついた。／「僕は、死ぬんだ」／人はみな、いつか死んでしまう。お父さんもお母さんも、いつか死ぬ。そして僕も、死んでしまうんだ。この世から消えてなくなってしまうんだ……!!／あたりの景色が暗転したような、猛烈な恐怖に襲われた。》堀江『ゼロ』より

たり前だもんね。

堀江　それってどういう気持ちなんだろうなあって、いつも思います。僕も一寸先は闇だと思って生きてますけど。死っていきなりやってくるんで。こないだはやしきたかじんさんが亡くなったりとか。大瀧詠一《おおたきえいいち》さん、安西《あんざい》マリアさん、蟹江敬三《かにえけいぞう》さん、林隆三《はやしりゅうぞう》さん……。

瀬戸内　六十代、弱い人は弱いんですよ。

堀江　今は六十代で亡くなると「若くして」なんて言われる時代ですね。一般的にはガンになっちゃう人とならない人の差は大きいですね。ガンにはなられたことないですか？

瀬戸内　ならない。まだなってない。

堀江　もうならないでしょ。

瀬戸内　いや、そんなことはないでしょ。八十歳を過ぎてなる人も多くなっている。姉はガンだったのよ。大腸のガンです。六十六歳で死んでいます。母親は五十歳で防空壕《ごう》の中で焼け死んだし、父親はそれから六十歳にならないうちに死んでいます。脳溢血《のういっけつ》と肺結核とで。身

＊3 **最後の小説**
本書編集担当による『風景』（角川学芸出版刊／泉鏡花文学賞受賞作）にも《最後の自伝的小説！》との惹句がある。

近で早い死は多かったですね。

堀江　ガンになる人は早いですよね。でも逆にならないと、現代はもうなかなか死ねないですよね。

瀬戸内　作家の*4井上光晴《いのうえみつはる》さんがね、ガンになって死にたくなくて死にたくなくて、「切り刻まれてもいいから生きたい」って言って。何度も手術をしました。*5本当に生きたがってた。でもその前、あの人、私がくも膜下出血になったとき、「小説を書けない瀬戸内寂聴なんていてもしょうがないから死になさい」なんて、自分が元気なときには言ってたくせにね。「自分で死ねなきゃ俺が殺してあげます」なんて(笑)。

堀江　死ぬのは恐いですか？

瀬戸内　恐くない。もうここまで生きたら結構ですよ。死んでもいいよ、もう。よく覚えているのは*6遠藤周作《えんどうしゅうさく》さんですね。「死ぬのは恐い、死にとうない」って。私が出家した後だから、四十年ほど前です。遠藤さんと二人で京都の法然院《ほうねんいん》に行ったとき、庭を歩きながら突然、遠

＊4 井上光晴　1926〜1992。小説家。大岡昇平らと共に戦後文学の旗手として活躍。代表作に『地の群れ』『荒廃の夏』など多数。瀬戸内も出演する映画『全身小説家』（監督：原一男）は彼のガン告知後の晩年5年間を追ったドキュメンタリー作品。作家井上荒野は長女。

＊5 本当に生きたがってた　《つきあいは（中略）井上さんが（中略）ガンで倒れる日まで続いた。何ごとにも飽きっぽい私にしては記録的な長い縁である。（中略）井上さんは、「あんたのようなわがままな人と長くつきあえる人間は俺くらいのもんだ」と威張ったが、私の側にも言わせてもらえば、同じ言葉になる。》《井上さんがガンになった時、

藤さんが「死[*7]ぬの恐くないか」って聞くんです。私は恐くないって答えた。遠藤さんは「そうか、俺は恐くて恐くて仕様がない。いつでも死におびえている」って言う。

堀江　それで亡くなられたって、やっぱり死ってイヤですね。

瀬戸内　だって、あの人はカトリックの信者、クリスチャンなんですよ。しかも熱心な。それで死ぬの恐がったってしょうがないじゃないの（笑）。男のほうが女より死を恐がりますね。女はお産をするでしょ。あれはほんとに死ぬかと思うほど大変なの。あの経験で女は強いんだと思う。あのね、これは有名な話だけど、鎌倉の偉い禅宗のお坊さんがね、ガンになられて重病になった。お医者さんに向かって「私は僧侶《そうりょ》、生死《しょうじ》を極めるのが仏教の務めで、私はそれを極めて生涯を送ってきたから、死については動揺しない。だから私の病状の本当のことを言ってくれ」って言ったんですって。さすがご立派なお方だと思って、医者が「それじゃあ申し上げます。実はあと一週間のお命です」って言ったらね、お坊さんは飛び上がって「死にとうない死にと

「俺は死ぬものか、ガンなんかにやられたくない。切って切って、切られ与三郎みたいになってもガンと闘って書いてやる！」と、私に言った。そうあってほしいと思った。》瀬戸内『奇縁まんだら 続』（日本経済新聞出版社）より

＊6 **遠藤周作** 1923〜1996。小説家。『白い人』で芥川賞受賞。安岡章太郎、吉行淳之介らと共に「第三の新人」と称され純文学で活躍。代表作に『海と毒薬』『沈黙』『深い河』など多数。一方で「狐狸庵」としてユーモアのあるエッセイでも人気を集める。

うない！」って大騒ぎしたって、それ本当の話なのよ（笑）。だから悟ったとか口で言ったって、わからないよね、誰でも死を目前に迎えてみないと。

愛する人に死なれることが一番つらい

堀江　逆に、だから死を思うとのんびりできないですよね。でもどうですか？　生きてていいな、って思ったりもしませんか？　いいなあ、うれしいなあ、いいことあったなあ、って思うことはありませんか？

瀬戸内　まあ堀江さんに会うなんてこと考えなかったけど、堀江さんが生きてたから会えて、こっちも死ななかったから会えるでしょ。そういうことはあります。私、人間が好きだからね。だから好きな人に会ったらこれは生きててよかったなと。だけど一方で「この人とはやがて別れるんだ」とすごく思う。まあ私が先か相手が先か知らないけど、でもこの歳になったら相手はみんな年下だから必ず私が先に死ぬ

＊7「死ぬの恐くないか」
《「ぼくはとても怖い。死ぬのは厭だ」「だって遠藤さんは熱心なカソリックの信者なのに？」「うん、それでも怖い！　死ぬのは厭だ」／その日も遠藤さんは、じぶんの信仰は母上から無理矢理着せられたお仕着せだから、未だに身につかないと、ため息まじりに言った。》《病苦は想像の外のものだったらしい。（中略）「自分は神さまを本当に熱心に信じて、あんまり悪い行いもしないで、一生懸命小説を書いてきただけなのに、どうして神さまはこんなに辛い病苦をお与えになるのだろう」と弱音を吐いたことがあるという》瀬戸内『奇縁まんだら』（日本経済新聞出版社）より

と思うでしょ。ところがそうはなかなかならないの。今年に入ってからも、もう何人もの知り合いが死んでるんです。みんな私より若い。弔電を打つとか、葬式に行くとか多いですよ。やっぱりね、死っていうのは、自分が死ぬことよりも、愛する人に死なれることが一番つらいのよ。

堀江　いやあ、それはすごくよくわかりますね。

瀬戸内　長生きするってことは、愛する人に多く死に別れるってことですよ。だから私みたいに長生きすると、だんだん死に別れが増えてくる。大変ですよ、そのたびに。そのたびに新鮮な悲しさが湧いてくる。決して慣れることはない。

堀江　深いつきあいとかになるときびしいですよね。だから僕はあんまり深くならないようにしているのかもしれないですね。だってつらくないですか？　ファミリーとか作ると大変そうですもん。イヤです。ある程度つきあいが薄いと、まあ亡くなったときに喪失感も薄い、みたいな感じですかね。恐いっていうのはつまり、僕は今すごく幸せだから、この幸せな状況がなくなってしまうということがダイレクトにすごく恐い、ということでもあります。

瀬戸内　長生きをする努力とかしてる？

堀江　僕はしてないですね。

瀬戸内　私も全くしてない。病院には行くけど。私の歳になるとお医者さんに支払うお金、ほんと安いのよ[*8]。お金払うとき、気の毒だなと思うくらい。家の前に小児科ができて、こないだ気分悪かったから行ってみたら、子どもと同じようにやってくれて（笑）。九十歳を過ぎると子どもと同じ。

堀江　生きのびる努力とか長生きする努力って、別に努力したからできるわけでもないですよね。

瀬戸内　でも、あなた刑務所に入ったからね。あの中に入ったら絶対体にいい。食べるものも腹八分目だし、栄養は一応ちゃんと揃ってるしね。

堀江　まあそうですね。

＊8 ほんと安いのよ
75歳からの医療費助成制度、呼び名で批判を浴びたいわゆる「後期高齢者医療制度」による。被保険者の最も多いのは東京都の132万人、最少が鳥取県の8万9000人（平成26年度末現在）。さらなる高齢化社会に傾く現在その運用をめぐり議論が続けられている。

＊9 私が病気したら彼が困るだろうと思ってね
《学者の卵の忠実な妻となること——私の描いていた結婚生活の絵模様は、いつのまにか、清貧に甘んじながら、なかなか認められない、それだけに崇高な学問に打ちこんでいる夫と、それに仕えるけなげで可憐な妻の生活というものに描かれていたのだ。（中略）私は貧乏な学究の妻となるに

瀬戸内　だからあれで体はとてもよくなったと思うわね。

堀江　（笑）。そもそも瀬戸内さんはなぜご長命なんでしょうか？

瀬戸内　二十歳のときに断食《だんじき》してるんですよ。二十日間完全断食。ということは元食《もとしょく》に返るのに二十日かかって、実質四十日の断食。なぜかって言うと、女子大のとき、婚約したんです。見合いで。そのとき相手が学者の卵だった。生涯お金がないと思ったの。*9私が病気したら彼が困るだろうと思ってね。私その頃非常に純情だったから相手を困らせないため体はよくしとかなきゃと考えて。新聞の広告を見て、女子大の寮を抜け出して大阪の断食場に行きました。四十日したら、ほら*10「出山《しゅつざん》の釈迦」の像ってあるでしょ、あれと同じ。骨と皮だけで肉がなくなる。断食は五日くらいしたら平気になるのね。つらいのは元食に返ったとき。*11餓鬼になるの。元食だから一番最初は重湯《おもゆ》なのね。そしてお粥《かゆ》。でも隣を見たらもう白いゴハンなんか食べだしてる人がいて、殺してやりたくなる（笑）。でも二十歳のときにそれしたから、*12細胞が全部変わって、二十歳若くなってるんですよ。だから今九十だ

は脆弱すぎるという診断を自分の体力に下したのだった。》瀬戸内『いずこより』（新潮文庫）より

＊10 出山の釈迦
6年の苦行を経て痩せ衰えても尚悟りが得られぬ釈迦が雪山を出る姿。多数の画が描かれている。／《私の軀はまるで骸骨に皮をつけたようにやせ衰えた》同右

＊11 餓鬼になる
《居ても立ってもいられない責苦だった。後になって、私は人間の味わされるあらゆる苦痛は、その最中よりも、傷の癒えかける時の方がはるかに苦痛だし、危険も伴うことを度々経験させられた。》同右

けど、七十歳くらいじゃないのかしら？（笑） それから出家したときも行《ぎょう》をしたんですね。そのとき五十一歳でしょ。また比叡山《ひえいざん》の行院《ぎょういん》に入ったんですよ。二十代の男の子と一緒にね。それもよかったでしょうね。二ヵ月で六キロ痩《や》せた。中年太りでどてんとしてた体がリセットされて。

僕は人に迷惑をかけてでも生きていきたい

瀬戸内　死にかけたことは？

堀江　ないですね。全くないですね。今まで命の危険を感じたことは幸い一度も。

瀬戸内　あなた、見るからに健康優良児って感じよね。私はちいちゃいときから体が弱かったから。産後一年もたないって言われてたらしいんですよね。そういうのをずっと聞いてるからね、長生きとか健康のことと一切考えなかった。いつかそのうち死ぬんだと思ってた。

＊12 **細胞が全部変わって**　《自分の血がいれかわったような新鮮さが軀のあらゆる隅々からわき上ってくるのを感じることが出来た。》同右

小学生のときも体が弱かったのね。*13滲出性《しんしゅっせい》体質といって、過敏体質で。おできもたくさんできるし、汚かったの。薬もいっぱいつけてて。ハルミだから「はーちゃん」で、「はーちゃん、臭い」って言われてたわ。友達が遊んでくれないのよ。それでひとり遊びをすることになってね、それで想像力が鍛えられて小説も書くようになった（笑）。

堀江　それは全然僕とは違いますね。元気で、臭くもなかったし（笑）。僕こないだ初めて入院したんです。腎臓結石で。結石を超音波で破砕する手術っていうか、*14ＥＳＷＬというのをやったんですけど。外から超音波、パチンパチンって、ずっとデコピンされてるみたいな感じで。うわあ、みんなこんなのよく我慢してるなあと。管入れられて、一日だけ管つきでおしっこしてたんですけど、もう気持ち悪くてしょうがないですね。背中には*15ＥＰＩ《エピ》っていって麻酔のチューブ入れられて。うわあめんどくさあ、と思いました。

瀬戸内　盲腸の入院もない？

堀江　ないです。体を切ったことはない。

*13 **滲出性体質**
全身の皮膚や粘膜が過敏なため、外部からの刺激に対して滲み出るような脂漏性の炎症反応を生じやすい体質のこと。乳児・幼児に多い。

*14 **ESWL**
体外衝撃波結石破砕術。腎盂、尿管等々の結石を衝撃波で砕く治療方法。

*15 **EPI**
硬膜外《こうまくがい》麻酔。局所麻酔の一つ。

瀬戸内　私も切ったことはないなあ。昔はね、*16疱瘡《ほうそう》って病気があって、種痘《しゅとう》をしたでしょ。メスが入ったのはそれだけでね。そのあとが汚くなる。だから娘には内股にしてやった。わからないように。娘に感謝されるのはそれだけ（笑）。

――日本は世界に冠たる*17長寿国とのことですが、これについてどうお考えでしょう？

瀬戸内　考えたことない、そんなこと（笑）。

堀江　*18平均寿命に関しては数字のトリックがあるんで。完全に乳幼児死亡率の問題なんですよね。乳幼児の死亡率が下がれば平均余命は上がる。アフリカとかで平均寿命が五十歳切ってるからって、みんなが五十で死んでるかっていったらそういうわけではないんですよ。子どもが死にやすい環境ということであって、子どもの頃を生き残れば長生きできるって言い方もできますよね。

瀬戸内　そもそも長寿長寿ってみなさん大事なことのように言ってますけど、少なくとも長寿イコール幸せではない。すべてほどほどでね、

＊16 **疱瘡／種痘**
疱瘡は、別名天然痘。人類史上、その高い致死率で恐れられた感染症。ワクチン接種による予防法が種痘。上腕部に接種の痕跡が残る。日本では1976年以降行われていない。

＊17 **長寿国**
WHO加盟国194ヵ国対象、世界保健統計2014年によると、男女平均寿命ランキングは、1位日本（84歳）、2位は6国（アンドラ、オーストラリア、イタリア、サンマリノ、シンガポール、スイス）が83歳で続く。最も低いのはアフリカのシエラレオネで46歳。

＊18 **平均寿命**
0歳児が平均して何歳まで生きるかを計算したもの。100人の死亡した年齢を

やっぱり七十歳くらいで死ぬのが一番いいんじゃない？

堀江　そうですか？

瀬戸内　第一親しい人がみんな死ぬじゃないですか。自分だけが残るの大変だしね。それから、やっぱり体が不自由になって誰かの世話にならなきゃならないじゃない。それイヤじゃない。ねえ。

堀江　あ、僕はそうでもないですけど。僕は人に迷惑をかけてでも生きていきたいですけど（笑）。

瀬戸内　それは甘えてるね。私はイヤ。人の世話もしたくないけど。でも堀江さん、偉いのは、監獄でお年寄り*19のうんこなんか全部始末してたんだから。偉いよ。

堀江　いえいえ。まあそれが仕事でしたからね。

瀬戸内　人の世話ってできないよ、なかなか。

堀江　人間って基本的に人に迷惑かけて生きてる生き物じゃないですか。だから別にそこは開き直ってもいいなと思うんですけどね。

瀬戸内　私は自分で自分のことができなくなって、自分でトイレに行

足して100で割った数値、といった単純なものではない。勘違いされがちだが、例えば2014年の女性の平均寿命「87歳」をもとに、現在40歳の女性が「87－40」で「あと47年生きられる」とするのは誤り。

けなくなったらもう死んだほうがマシだと思うのね。

堀江　まあそれはそうかもしれないです。だからそうならないようにはしてますよね。体は鍛えといたほうがいいですよ。何かやってらっしゃいますか？

瀬戸内　私？　鍛えてないですよ。以前、乗っかって脚を左右に動かす器械あるじゃない、広げたり閉じたりする。あれを買ったんですよ。やろうと思って説明書き読んだら、最後のところに「高齢者はダメ」とかって書いてあったの（笑）。私は昔からああいう器械が好きで、広告見るとすぐに買うのよね。だけどあんまり続いたことがない。堀江さん、刑務所で運動させられたでしょ？

堀江　いや、させられてはいないです。運動の時間といっても、しなくてもいいんです。みんなにとっては単なる自由時間なんですよ。僕はずっと走ったり[*20]腕立て伏せやったりとかしてましたけど。九割方やってないですよ。みんな新聞読んだりとか将棋やったりとかしてます。

瀬戸内　私は[*21]寂庵の周りをずーっと朝一時間くらい歩いて、三年くら

***19 お年寄りのうんこなんか全部始末してた**
堀江は刑務所で高齢者の介護の任務を与えられていた。『刑務所なう。シーズン2　前歯が抜けたぜぇ。ワイルドだろぉ？の巻』（文藝春秋）にはこんなマンガ描写がある。《極寒の刑務所で／いつものように高齢者の着替えを手伝っていると…／もわあ～ん／「ん…？　どこからともなく暖かい空気が…!!」／ブバッ／「い…一体何が起こってるんだ…？　これは…いやまさか顔の前で…今おれは屁をこかれた…の…か…？」》。

***20 腕立て伏せやったり**
《刑期の1／3が過ぎた。（中略）今日からウチの工場の『腕立て部』に加入した。んで、早速、腕立て伏せ連続50回×2本を消化す

い続いたかな。だけどもうやめた（笑）。すぐ飽きるの。でも私、足腰強いのよ。

堀江　なんでですか？　そんなに歩いてるイメージはないですけど。

瀬戸内　あらそう？　比叡山の行院に入ったとき、すぐ翌日に山を歩かされたんですよ。ぐるぐる歩いて、下まで行って、また上まで帰ってくる。そのとき四十二人くらいいた中で私がビリだったの。もう逃げて帰ろうかなと思って（笑）。こりゃかなわんわ、と。どっから逃げようかなと思ってたら、パッと写真撮られたの。木の上にカメラマンがいて。それが記事になるわけでしょ。「瀬戸内さんビリで、もう逃げた」とかって。これはもうしょうがないなって、覚悟決めて続けたんですよ。行を二ヵ月してね、また最後に同じところ回らされたの。そのときは上から七番だったのよ。それくらい鍛えられた。下界では、瀬戸内は特別な部屋をもらって特別なものを食べてってふうに思ってたらしいの。そうじゃないのよ！　本当につらかったんですからね。冗談みたいに今も言うんだけど、もしあの世で閻魔《えんま》さんに「お前は悪

る。目指すは、細マッチョだ。》堀江『刑務所なう。シーズン2　前歯が抜けたぜぇ。ワイルドだろぉ？の巻』（文藝春秋）より

＊21 **寂庵**
曼陀羅山《まんだらさん》寂庵。1988年、瀬戸内が比叡山の行のあと、京都嵯峨野に開いた寺院。一般に向けて開催される「法話の会」「写経の会」も人気を集める（行事の日以外は閉門）。

いこといっぱいしてるけど、たまには良いこともしてるから帰してやる、どこに帰りたいか？」なんて聞かれたら、私は「比叡山の行院」って言う。そう言います。すると「嘘ばっかり」ってみんな笑うんだけどね、本当なの。つらかったけどそれはそれは清々しかったのよ。何も考えなくていいから。すっきり痩せたし。

思いの向こうに、きっとあの世がある

瀬戸内　私は出家したせいかもしれないんだけど、「あの世」はあると近頃では信じてるんですよ。若い頃はないと思ってたんだけど。死んだら「無」って。でも今は肉体を焼いても魂みたいなものは残るような気がするんです。それでね、愛する人がいっぱい死んでるでしょ。でもあちらでは彼らが待ってるって気がするの。岸辺にずっと並んで。で「今夜は歓迎パーティだ！」なんてやってくれる気がするの。私の今の悩みはね、そのときに誰に一番最初に声をかけようかな？　って

いう（笑）。

堀江　（笑）。

瀬戸内　でも本当に会えるような気がするのよ。

堀江　僕はそういう意識は全然ないですねえ。

瀬戸内　インテリはみんな「死ねばおしまい」って言う。作家の里見《さとみ》*22弴《とん》さんなんかは「死んだら無だ」ってはっきり私に言いましたね。先生には非常に愛していた「お良《りょう》さん」って女性がいたんです。その人が先に死んでしまっていた。「お良さんにもあの世で会えると思わないんですか？」って聞いてみたら、「会えない。無だ」って。そんなこと言いながらね、そのあとで京都のお店にすっぽん食べに行ったんですよ。そこには玄関の横にお仏壇があるの。そうすると先生「おいおい」って私を呼んで「ここの大女将《おおおかみ》がこの前死んだらしいからチンしてやれ」って。鉦《かね》を打って拝むってことね。結局私はそこで拝んで、それで里見さんは妙に安心したおだやかな表情になられて。あとはね「オレの死ぬときには鎌倉の坊主がいっぱいいて寄って来るからそれ

***22 里見弴**
1888～1983。小説家。白樺派のひとり。代表作に『善心悪心』『多情仏心』『安城家の兄弟』。映画監督小津安二郎とも親しく、『彼岸花』『秋日和』などは映画化されている。小説家有島武郎、画家有島生馬は実兄。

を全部断るからね。お前さん、どうせ下手だろうけど、お前さんひとりでお経あげなさい」って。先生、無なのにお経あげたってしょうがないでしょって言ったんだけど、「お経くらいあげろよ」なんて。それでその日がついに来て、座敷に真っ白の棺があって、その上にいつも先生が飲んでる徳利と杯、それにお酒入れて、それだけ。それで私ひとりでお経あげました。私、里見先生好きだから[*23]、悲しくてげほげほ泣きながらお経あげて。偉いお坊さんいっぱいいたけど、読経《どきょう》はさせなかった。

堀江　好きな人の死はつらいですね。

瀬戸内　インテリは「無だ」とか言うんだけど、だけどなにかそこにね、日本人というのは感じとっているんじゃないかな？　あるとき先生の蔵から亡くなったお良さんのラブレターが風呂敷《ふろしき》いっぱいに出てきたんです。先生が私を呼んで「これ読んでくれ」っておっしゃる。「自分はあんまり近しいから良い悪いがわからないから、お前さんが他人の目としてこれを読んで、出版してやっていいかどうか判断して

＊23 里見先生好きだから
《男女のなま臭い関係ぬきで、この世でこの人にめぐり逢えて幸せだったと思う一人に、私には里見弴先生がいる。》《長時間、全く無名の私たちに一度も恥しい想いや気まずい想いをさせず、親切に遇しつづけて下さった里見弴のやさしさは、天性のものなのだろうか。それは慈悲と呼ぶにふさわしい仏心の愛であった。》瀬戸内『奇縁まんだら』（日本経済新聞出版社）より

くれ」って。読んだら、なかなかいいんですよ、素直でね。「先生いいじゃないですか、出してあげたらどうですか？」って言ったら、「お前がそう言うなら出してやるか」って。それで作ったのが＊24『月明《げつめい》の径《みち》』。私が題つけたのよ。だから、やっぱり日本人ってのはどこかセンチメンタルだからね、「無」って口じゃ言うんだけど、思いは深く残るものなんですよ。思いの向こうに、きっとあの世があるのよ。
堀江さんのおうちは仏教？

堀江　みたいですね。よくわからないけど、浄土真宗とかたぶんそんなあたりじゃないですかね。たぶん、おそらく。

瀬戸内　仏壇ある？

堀江　仏壇ありましたね。実家には。

瀬戸内　ばあちゃんじいちゃんが入ってる？

堀江　おそらく。あんまり知らないです。

瀬戸内　拝んだことない？

堀江　そうですすねえ、最近は……。

＊24 **『月明の径　弴・良こころの雁書』** 1981年、文藝春秋刊。函装、2段組、653p、4800円（当時）の大著。帯には《終戦前後の一年半餘を疎開で信州と鎌倉の別居生活を強いられ、名作「姥捨」を生んだ最愛の人と文豪とのきめ細やかな情感に溢れる往復書簡二百餘通の愛の相貌》とある。

瀬戸内　でもまあ仏壇があればね。親が怒るときよく仏壇の前に連れていって怒るね、日本人は。

堀江　そういうことあったような気もしますよ。

――堀江さんはエッセイに、「座右の銘」なんてないけどいつも聞かれるんで《*25諸行無常《しょぎょうむじょう》》と答えることにしている、と書いていますね？

堀江　あ、はい。まず僕は「座右の銘」ってのが嫌いなんですよ。そんなの聞くなよ！　と思う。僕の座右に銘なんてない。

瀬戸内　私も嫌い。しょっちゅう変わるものだしね。変わったら「座右」ではない（笑）。

堀江　〝諸行無常〟というのは事実です。ただの世の中の真理ってこと。宗教でもないし。世の中は諸行無常。物理の法則だってそうなってるわけですから。宇宙の法則が諸行無常なわけですから。*26エントロピーは増大していくなんていう。誰も使ってない部屋にホコリがたまるみたいな。なんですかねえ……実は僕の中でもまだそこらへんはちゃんと整理ができてなくて。だって、宇宙がどこにあるかわからない

＊25 諸行無常
この世の万物は生まれ、変化し、滅び、とどまらない、という仏法の教え。

＊26 エントロピー
一般的に「エントロピーは増大していく」というのは、自然は「小さくから大きくへ」「秩序から無秩序へ」広がる性質を持つということを示す。コーヒーにミルクをたらすと次第に広がっていく、部屋がしだいに乱雑になる、などがしばしば例として挙げられる。

んですから。僕は死の恐怖を抱いたときに、「宇宙に果てがない」というそのことのほうが恐かったんですよね。この宇宙ってどこにあるんだろう？　このなんとも言えない、ものすごい拠《よ》り所《どころ》のなさ。人間はそれは理解できないんでしょうね。だって今最新の宇宙論だと、宇宙には十三次元あって、みたいな話ですからね。空間軸が、空間の次元が十一次元あってと。今は三次元だけど、残り八次元分は細かく折りたたまれていてどっかに……って。細かいことはよくわからないんですけど、すべての物質は振動するヒモによって構成されてる。スーパーストリング理論[*27]って言うんですけど。

瀬戸内　難しいのね。

堀江　難しいですよね。宇宙に果てがないって一方で、逆に小さいほう、ミクロをどんどんどんどんミクロにしていっても果てがないんですよね。昔は原子＝アトムが最小の単位だと思われてたわけじゃないですか。だけどそうじゃなかった。中にはクォーク[*28]が、それも二十何種類もあって、それらは一つの振動するヒモだったと。その振動の仕

＊27 **スーパーストリング理論**
超弦理論、超ひも理論。「物質の究極の要素は粒子ではなくヒモである」。1974年に理論物理学者シュワルツによって提唱された。

＊28 **クォーク**
素粒子のグループの一つ。物質の基本的な構成要素。

方でクォークの性質が決まってくる。重力すらそのヒモによってどうのこうの……みたいな話で。そういうような状況になっていく中で、死っていうものが物理的にどういうものなんだってのが、ちょっとわからなくなる。そうなっていくと、だんだん宗教に近づいていくんですけどね。宇宙はどこに存在するんだ？　それは人間が認知してるからここにあるんだって。人間原理みたいな話まで出てきたりするわけじゃないですか。そう考えていくと、確かになんか自分がここに存在するから宇宙がここに存在するんじゃないか、っていうふうに思ったりもしますよね。

瀬戸内　宇宙でいえば私はね、九十年生きた中で一番ショックだったのは、月に人間が立ったとき。それまではお月様の中で本当にウサギが餅《もち》ついてると思ってたの。宮殿があってお姫様がいるなんて。かぐや姫の話もあり得ると思ってて。でも実際人が行ったら、もうつまんない！　なんかデコボコでなんにもない汚いところでね。あれはショックだったわ。それからは月を見たって「あれは汚いんだ」と思う

（笑）。見ない知らないほうがいいこともあるわね。

堀江　地球を月から見るとすごくきれいらしいですけどね。地球って、宇宙に行って国際宇宙ステーションとかから見ても、丸いことはわかるんだけど、全体像って見られないんですよ。

瀬戸内　青いんでしょ？

堀江　その青い大地が、自分たちの眼下にばーって広がってる感じ。普通丸い地球が目の前にだーんってある感じを想像するじゃないですか。それって相当遠くまで行かないとそういうふうに見えないんです。見た人はアポロで月に行った人たちだけなんですよ。大きな丸い地球の形にものすごい感動したみたいですね。

瀬戸内　堀江さんは、ほかの、地球じゃない星に土地を買ってる？

堀江　買ってないです（笑）。

瀬戸内　もしかしたら、あなたすごい教祖になるかもしれない。このまま行ったら。みんなぞろぞろついてくよ（笑）。

堀江　いや、適当なこと言ったらついてきますけどね。もっと心地いいこと言ったほうが宗教っぽいですけどね。適当なことを言いたくないんですよ。宗教って実はやるの簡単だと思う。だって大川隆法《おおかわりゅうほう》とかであれだけできるんですよ。なんか「神が降りて来た」って言えばいいんでしょ。世の中の人って簡単に信じちゃうんだもん。変なことであればあるほど、スピリチュアルなことであればあるほど信じちゃうんですもん。占いなんて基本インチキなのによく信じますよね。

定命は自分ではどうしようもない

瀬戸内　遺言状。今、私書いてるんですけど、進まないのよ。毎日気が変わるから。

堀江　ははは。

瀬戸内　湯浅芳子《ゆあさよしこ》[*29]さんってロシア文学者がいたんですよね。その方は正月の二日に遺言を書く癖があって、毎年書き換えるの。それが毎年違って、例えば私に「あの額をあんたにやるよ」なんて約束して遺言

*29 **湯浅芳子**
1896〜1990。ロシア文学翻訳家。チェーホフ、ツルゲーネフ、ゴーリキーなど19世紀から20世紀にかけた文学の紹介に先駆的な功績を遺した。特に『桜の園』ほかチェーホフの戯曲は最近まで上演されている。作家宮本百合子とはレズビアンの関係にあったことが公表されている。

に書く。それで翌年になったらね、「あんたは態度が悪いからもうやらない」って。誰それにやるよ、なんて（笑）。あれもはや趣味よね。私はイラクへ行くときに一回書いた。もしかしたら帰ってこられないかもしれないと思って。そのときは一行だったの。だって娘ひとりだからね。私の場合は産んだ子を育ててないでしょ。だからその子には申し訳ないから、全部やろうと思ってたの。でも今よくよく考えたら、することしてるんだし、もういいかって気がしてきたのね。自分が働かないで得た金はろくなことにならないなんて、くだらないこと考えるようになるんですよ（笑）。目下、いろいろ悩んでいます。あれをどうしよう、これをどうしようって。

堀江　じゃあまだ書いているんですか？

瀬戸内　書いてるの。税理士が早く書いてください、九十歳を過ぎていつ死ぬかわからないから早く書いといてくださいってせかすものだから。でもなかなか書けない。

堀江　寂聴さん、生きる気満々ですね（笑）。

瀬戸内　結局死んだらどうでもいいやと思うんだけど。

堀江　僕なんかまさしく「どうでもいいや」派ですね。絶対書かないですね。

瀬戸内　ほお。

堀江　書け書けって言われても、書かない。あとはどんどんモメろって（笑）。なんでそんな残された人のこととか考えちゃうのかなあ。それって逆にエゴみたいな感じがするんですけど。

瀬戸内　本当にあとが困るのよ。でもね、*30一遍上人《いっぺんしょうにん》が「自分が死んだら体を獣にやれ」「野に捨てろ」なんて言うんですよ。「葬式なんかしないでいい」って。だけども、どうしてもしたがる人がいるなら、その人たちを、「いろうべからず」って言ってるんです――「いろう」って、いらう＝触るってことね――そういう人たちにはね、勝手にさせとけって言ってる。まあそんなもんじゃないかしらね？

堀江　そうですね。

瀬戸内　いくら、こういう感じでお葬式しないでくださいなんて言っ

*30 **一遍上人**
1239～1289。鎌倉時代中期の僧侶。時宗の開祖。

ても、する人はするのよね。私なんかもきっと大変よ。死んだらあっち行ったりこっち行ったり、方々ですると思うから。私としては「一切するな」とは書くけどね、でもわからない、死んだあとは。「偲《しの》ぶ会」もイヤ。どう思う？　このごろしょっちゅう行かなきゃいけないけど、みんなほとんど義理で行ってるよ。もういいんじゃない、偲ぶ会は。あとは家族でしたら。私は「しない！」って言っとくからね。

堀江　今死ぬとしたら、諦《あきら》めはつきますか？

瀬戸内　とっくについてますよ。なんでこんなに長く生きてるか。もう十分生きた！　食べあきて飲みあきて。未練ややり残したことはなんにもない。ただ小説が好きだからね、書いてるから。今、連載二つやってるんですけど、それが本になったほうがいいとは思いますよ。でも連載中の「死に支度」は、死ぬまで書くって私は言ってるんですね。『群像』*31の編集者が途中で一回本にしませんか？　なんて言ってくるけど、いやいや死ぬまでだ！　って頑張ってる（笑）。

堀江　死んじゃうんだったらしょうがないですよね。未練を言ったと

＊31『群像』
講談社発行の純文学系月刊文芸誌。『新潮』（新潮社）、『文學界』（文藝春秋）、『すばる』（集英社）、『文藝』（河出書房新社）と並ぶ5大文芸誌のひとつ。

ころで。ホントにしょうがねえなで終わっちゃいますね。意外と諦めがつく。

瀬戸内　堀江さんは、とっ捕まったときにお掃除したみたいだから、今もう財産はないの？　あるの？　いくらか残ってるの？

堀江　まあ普通の人より少しはあるんじゃないですか。

瀬戸内　不動産？

堀江　不動産なんて持ってないですよ。あ、でもこないだ企画で買わされましたね。企画って、今中古の投資用マンションをネットで仲介する事業の立ち上げを手伝ってて、それで堀江さんも一軒買ってみてくださいよって。八百万円くらいのやつですけど。だけど全然、まあどうでもいいんじゃないですか、死んだあとの資産なんか好きにすれば。葬式とかお骨とかどうでもいいですね。

瀬戸内　だんだん坊さんみたいになってきたな（笑）。

堀江　本当にいろんなものに対するこだわりがなくなってきてます。

瀬戸内　それを〝悟り〟っていうんですよ。

堀江　そうなんだと思います。

瀬戸内　でもまあ結論としては、どう悩んでみても、人は会えば別れるし、生まれれば死ぬんですよ。それはもう決まってるんだもん。定《じょう》命《みょう》、定まる命というのがあってね、それは生まれたときに決まってて、自分じゃどうしようもないんですよ。

　とにかく死んだら、あとはまあどうでもいいわよねえ。勝手にしてちょうだい、いろうべからずよ。あ、でも私ね、臓器を他人に提供する[*32]というのあるでしょ、本当はイヤなのよ。坊さんだから全部あげるべきなんだけど、イヤなの。あんまり好きじゃないような人にあげるのイヤ（笑）。非常に心痛めてたんですよ、坊さんのくせに恥ずかしい。そういうことでちょっと悩みながら小説書いてたらね、うちの秘書の女の子が「なんでそんな難しい顔してるんですか？」って。「実はね、臓器を人にあげたくないのよ」って白状したら、ちょっとお待ちくださいなんて言って、しばらくして「心臓は何歳まで」「肺は何歳まで」って調べてきてくれたの。「先生なんてなんにもあげられる

＊32 **臓器を他人に提供する**　本人が生前に文書で意思を表示している場合に、定められた諸条件を満たせば、死後提供できる。ただし脳死を死とするか、遺族の意思、倫理観の問題等々、現在も議論が続けられている。

ものないですよ」って（笑）。向こうでお断り！

堀江　悩むことなかった。

瀬戸内　笑っちゃったわよ。年齢制限[*33]とっくに過ぎてて。使えないのね、私のは。曾野綾子《そのあやこ》[*34]さんなんかね、「何もかもあげる」なんてよく書いてるのよ。だから私、恥ずかしいなと思って（笑）。曾野さんだってもうダメよね（笑）。

人間って思い込みで生きてる

堀江　本当に死っていうものが本質的にどういうものなのかってのは、僕まだ全くよくわかっていないんですね。人間を細胞の塊ととれば、昨日の自分と今日の自分とはちょっと違うわけですよ。面白いじゃないですか。細胞[*35]って、もっと言うと細胞を構成している分子っていうのは、どんどん入れ換わってるわけですよ。人間ってたぶん一ヵ月二ヵ月経つとほぼ入れ換わってるっていう説もあるみたいで。

＊33 **臓器提供の年齢制限**
提供者適応基準では、およそ心臓50歳以下、肺70歳以下、腎臓70歳以下、膵臓60歳以下、小腸60歳以下が望ましいとされているが、個体差があるため厳密なものではない。

＊34 **曾野綾子**
1931～。小説家。「第三の新人」と称されるひとり。カトリック教徒。代表作は『遠来の客たち』『神の汚れた手』ほか多数。夫は作家の三浦朱門。

＊35 **細胞の入れ換わり**
人体を構成している60兆の細胞はパーツごとに一定の速度で新しい細胞と入れ換わっている。早い成分は、1ヵ月で例えば脳は40％、肝臓で96％、筋肉で60％等々が入れ換わるという。

瀬戸内　どんどん換わっていくってね。

堀江　毎日僕たち水とか飲んでるでしょ。この水は自分たちの体を構成してるわけですよ。

瀬戸内　でも本当にそうだったら、みんなもっときれいになるはずだとも思うわね。換わっていくなら、どんどんどんどんきれいに。でも汚くなっていくなあ、人は。

堀江　でもまあ子どもってきれいですよね。子どもの頃は新陳代謝が激しいからどんどん換わっていく。だんだんその力が衰えてきて死に至っていくっていうのが死の本質なわけですけど。要は、分子っての は全く入れ換わってるのに、「自分は自分である」っていう、そのサステナビリティ[*36]みたいなものが僕は興味深いなと思うんですよね。時系列で自分は自分であるってことを記憶してる回路みたいなものが面白くて。つまり自分は堀江貴文だと思ってるけど、それは単なる思い込みだって話です。それがなくなるのが死なわけじゃないですか。単なる思い込みだなって思ったら最近気が楽になったんですよ。俺って

＊36 **サステナビリティ**　経済（企業）、社会、環境等々において、未来的に活動を保ち、続けていける「持続可能性」のこと。

「俺だ」っていう思い込みによってできてるんだなっていう。堀江貴文だって思ってるから死が恐いんであって、「俺堀江貴文じゃないのかな」「ないかもしんない」って思えば。

瀬戸内　人間は観念に支配されてる生き物だからね。

堀江　脳がどんどん大きく発達していった中で、脳って電子回路みたいなものだから、その回路が普通に回ってたら自意識みたいなものってたぶん出てこないんですけど、なんかその流れの途中にトラップがあって。人を好きになるのも同じなんですよ、思い込みなんですよ。だからどんどん好きになるじゃないですか。で、あとで例えば十年前に好きだった女の子とかに久しぶりに会って、なんでこいつのこと好きだったんだろうなんて思うことがよくあるんですけど、それですよね。好き回路みたいなのがどんどん強くなって、そこでずーっと回ってるから。記憶のループなんですよね。思い込みなんですよ。人間ってたぶん思い込みで生きてるんです。「ああ思い込みだ」と思っちゃうと、まあ大したことないなって。なんか砂上の楼閣っぽくないですか？　すごくはかなくないですか？

瀬戸内　体はただの借り物とも言いますしね。さて、で、堀江さんは死への恐怖はどう解決つけているの？

堀江　結論的には、宇宙という人知を超えた観測できない世界があるってことで、死という現象も恐がらなくていいと思い込みつつ、寿命を延ばす老化防止のテクノロジーに投資すると。そして何より忙しくして死を考えないようにするという、複合技で対処するしかないんじゃないか、と思っています。

瀬戸内　忙しくして、というのが結論って、すごいわね（笑）。

2

こだわるな、手ばなせ！

もっと認め合い許し合い譲って生きよう

堀江　僕、こないだ『ゼロ』の無料講演会で四国の松山に行ったんですけど、なんかあそこはちょっと保守的だったんですよね、街の雰囲気が。で、ほかの都市だとあまり書かれないんですけど、ツイッターの書き込みとか見てたら——僕その日はピンクのTシャツに白のストライプのジャケットを着ていったんですが——《ビジネス系のセミナーなのにこの格好はめちゃくちゃ違和感》みたいなことをすごく言われていて。

瀬戸内　そういうこと言うの？

堀江　書き込まれてたんですよ。ビジネス系のセミナーは白いシャツにダークスーツ、そうじゃないとおかしいんだって頭から思い込んじゃってる。

瀬戸内　四国で一番古くさいのが松山じゃないかな。

堀江　街にそんな雰囲気がありますね。なかなか変わろうとしないというか。

瀬戸内　『坊っちゃん』[*1]の時代から松山は古いのね。あの街はプライ

＊1『**坊っちゃん**』
1906年に発表された夏目漱石の長編小説。松山に赴任した江戸っ子の新任教師の活躍を描く。保守的な田舎の町で悪戦苦闘する主人公の姿が共感を集めて現代に至るまでの永遠のロングセラーに。

ド高いの。四国では一番教養[*2]があると思ってる。

堀江　はい。で、けっこうみんな我慢して生きてるというか。そういう感じがあります。お互いに見張っていて、逸脱する者がいると徹底的に批判する。おれも我慢してるんだからお前も我慢しろっていう。思うに日本は多かれ少なかれそういった価値観に貫かれている気がするんです。……僕、よく怒られるんですよ。

瀬戸内　なんで？

堀江　多くの人がこだわってることに、僕がこだわっていないからでしょうね。みんな思い込みが多くて、そしてなんというか僕に言わせれば「どうでもいいこと」にこだわっている。疲れます。

瀬戸内　堀江さん周り、よく「炎上」してるらしいわね。

堀江　してますねえ。例えば「満員電車[*3]とか乗るのやめちゃえばいいのに」と思うんですけど、それを言うと、なんか怒られる。乗らざるを得ない者の気持ちを考えろ、みたいに。「お正月[*4]に帰省をする必要なんかない」って言うと、そこしか休めない事情がわからないのか、

＊2 **教養がある**
漱石ほか、松山市にゆかりのある文人、文化人は数多い。大江健三郎、伊丹十三、正岡子規、高浜虚子、河東碧梧桐……。

＊3 **満員電車とか乗るのやめちゃえばいいのに**
《満員電車に乗って苦しんでも、いい仕事はできない。職場の近くに住むだけで、集中できる環境が整うのだ。》堀江『夢をかなえる「打ち出の小槌」』（青志社）より

＊4 **お正月に帰省をする必要なんかない**
２０１４年１月《なんで？なんで帰省するの？ 常識に囚われてるの？　そういうのもうやめたら？》というツイッターの発言で炎上した。

とか。でもそんなに大変な思いをしてホントに親戚《しんせき》とか会いたいの君たち？　って思ったりしますね。「生命保険には入らない」とか言うと、ものすごい文句言われるわけですよ。なんで？　残された子ども、家族のことはかわいそうじゃないのか？　とか。でも生命保険って死ぬのに賭けてるみたいなもんじゃないですか。生命保険って賭けごと[*5]ですからね。保険会社のＣＭとか見ててもご立派なこと言ってますけど。これ単純にお前が死ぬことに賭けてるだけだよって。それってイヤじゃないですか。しかもそこで手数料いっぱい抜かれてアホらしいとか僕は思う。だから、残された人たちはそれはそれで自分の力で頑張ってやっていってくださいよと。死ぬ僕からしてみたら、生きてるんだからそれだけでもうけもんじゃん、って感じなんですけどね。

瀬戸内　私も生命保険かけてませんよ。今からだと向こうで断るだろうけど（笑）。

堀江　なんかみんなが生命保険＝かけるもの、満員電車＝しかたないもの、とかって決めつけてるんですよね。そして互いに変な動きがな

＊5 生命保険って賭けごと
《保険はそもそもギャンブルから始まっている。（中略）事故の発生を、港のコーヒーショップで、男たちが賭けの対象にしたのが現代の損害保険の始まりだ。ちなみに賭けの場となったコーヒーショップはロイズという店で、その後、世界最大手の保険会社に成長している》堀江『堀江貴文の言葉』（宝島社）より

いか見張り合っている。

他人のことなんてどうでもいい

――電車といえば、堀江さん[*6]のメルマガのQ&Aコーナーで、こんなやりとりがありましたね。

《Q：私は朝の通勤電車で女子専用車両に乗りますが、無法地帯です。必ず数名メイク中で、降りる時にはすっかり変身しています。中には化粧水から始まる人や、テープで二重まぶたにするところから始まる人もいます。モラルも時代とともに変化するものとは思いますが、私は不愉快極まりないのです。電車内の飲食や音漏れは随分我慢できるようになりましたが、これも思考停止なのでしょうか？　これが社会的にOKなのであれば、せめて朝だけでもパウダールーム車両とかあれば良いのに。もしも堀江さんが、電車のマナーに携わる仕事に就かれたら、何か提案されますか？》

＊6 **堀江さんのメルマガ** 毎週月曜日に発行される有料メルマガ『堀江貴文のブログでは言えない話』。Q&Aのコーナーは購読者からのほぼすべての質問に対しての歯に衣着せぬ快刀乱麻の回答が人気を集める。

《A：へー……。私はそんなの全然気にならないんだけど、別にスマホでもいじって他人のこと気にしなきゃいいのに……。そもそも自分に何かマイナスになることない人の行動とか気にしないほうがいいですよ。》

堀江　ありましたね。いやほんとにわからなかったんですよ。横で化粧してる人がいるな、っていうとき、まあ要はその人は朝時間がなかったんだろうな、とか思うだけなんですけど。

瀬戸内　でも質問者はその女性のこと許せなかったわけね。

堀江　はい。

瀬戸内　でも、それわかるわあ（笑）。あれ、おかしいよ！　だって、周りの迷惑でしょ。

堀江　迷惑だと思います？　僕はあんまり思わないんですよ。なんで迷惑だと思いますか？

瀬戸内　だって気持ち悪いじゃない。粉が飛んだり、口紅がぶにゃっとしてたり、見たらイヤと思わない？

堀江　いや僕、スマートフォンとか見てるんで、人のこととか全然気にならないんですけど。むしろ、なんでそんな気にするのかなって。
瀬戸内　いや、ひどく気にしてるわけではないけれども、そんなとこでわざわざしないほうがいいとは思うわよ。
堀江　いや、わざわざしてるわけじゃないでしょ、たぶん。
瀬戸内　わざわざ、一生懸命してるじゃないですか。
堀江　だとしても、でも僕は別に気にならないですけどね。
瀬戸内　この人やっぱり変わってるよ。ホリエモンを標準にしたらダメだと思う（笑）。
堀江　変わってますか？　でも僕くらい気にしないと、楽ですよ。めちゃくちゃ楽ですよ。他人が電車の中で化粧してるのとかを気にする人生って、すごい大変だと思います。
瀬戸内　でもまあとにかく美しいとは思わないね。
堀江　美しいとは思わないですよ。でも別に関係ない人だし。自分の彼女がそこで化粧してたら「え？」とは思うけど、別に関係ない他人じゃないですか。

瀬戸内　でも化粧してる女がすごくきれいで魅力があったらどうする？

堀江　それはそれでうれしいだけです。

瀬戸内　あははははは。でも堀江さんじゃなかった？　電車の中で[*7]泣く子には睡眠薬飲ませろ、って言って炎上させたの。

堀江　あれはですね、誰かのツイートに、新幹線で子どもが泣いてたら隣の席の女が「うるせーな」と言いながら舌打ちしたけどそういう人は車で移動すべきだ、とかっていうのがあったんですよ。それに対して僕が「舌打ちくらいいいいんじゃない」って書いたら、なぜか盛り上がっちゃいました。で今度は誰かが「アメリカの知人は子どもを飛行機に乗せるとき睡眠薬使ってた」とか書いて、僕が「そうすりゃいいのにね」って書いたら、今度は「堀江が『泣く子には睡眠薬飲ませろ』と言った」ということだけが一人歩きしたんです。「飲ませろ」って言ったんじゃなくて、あんまり大変だったら薬を与えるって選択

＊7 泣く子には睡眠薬飲ませろ
2014年1月のツイッター上で炎上。NAVERまとめでは《【炎上】ホリエモン、新幹線で泣く子供に対し「舌打ちもしょうがない」「睡眠薬飲ませればいい」と発言》と題されて、一連のやりとりがまとめられている。

肢もあるのに、ってつぶやいただけ。こういうのって前後を切り取られて悪意だけで広められちゃうんですよね。あと、それにしてもみんな薬を恐れてるんだなあ、とも思いました。

瀬戸内　なるほど。状況次第では私も怒る場合ありますよ。子どもが一人で騒いでいるから、この子のお母さんどこにいるんですか？　っていう。そしたら母親が子どもに「あの恐いおばあちゃんが怒るからだまろうね」って（笑）。

堀江　なんか世の中の基準がおかしいですよね。子どもは社会の宝だから、子どもは騒ぐのが仕事なんだから、それは社会人なら気にしないとかって言うけど、僕にとってみれば電車の中で化粧してる女のほうが全然迷惑じゃないですけどね。別に無視してればいいんで。そんなの見なきゃいいし。別に見てもいいけど。

瀬戸内　たいていの人は、でも見ちゃうんですよ。目に入る、ヘンだから。

堀江　僕はだからいつも意図的に自分の頭の中に入ってくるもの、いろんなインプットするものに、ものすごいフィルターをかけてるんですよね。ありのままを見ない、っていう。

わけのわからないルールだらけ

堀江　前にとある舞台を見に行ったんですよ。『夜中に犬に起こった奇妙な事件』[*8]というお芝居。アスペルガー症候群[*9]の少年が隣の犬を殺した犯人を追うという話。その主人公は、ものすごい量の情報が目とか耳とかから次々入ってきて、それにフィルターがかけられないから、すべて入ってきてしまってすべて覚えちゃうという少年なんですね。ぱっと見で、ここに四人いて、この四人がどういう服を着てたかとかを覚えちゃうんですよ。ヒョウ柄の靴を履いてて、黒いスパッツみたいなの穿《は》いてて、チェックのシャツ着てて、髪は長くてイヤリングはこんな感じで、なんて一瞬で全部記憶しちゃう。で、僕は思ったんですが、そういう人に比べてみれば普通頭の中に入ってくる情報ってす

＊8『夜中に犬に起こった奇妙な事件』
2014年4月、世田谷パブリックシアターで上演された。マーク・ハッドンの原作は全世界で1000万部を超えるベストセラーに。演出・鈴木裕美、出演は森田剛、高岡早紀、小島聖ほか。

＊9アスペルガー症候群
広義での自閉症のひとつとされるが、言語発達の遅れなどがないため幼児期には気づかれにくい。「空気が読めない」「社会的慣習・ルールが理解できない」「友人関係が築けない」「興味対象がきわめて限定的」などの特徴を有する。

ごく限定的で、僕たちは最初から選別してるんですよね。元々すごく興味があることしか入ってこないんですよ。だから本来は意図的に遮断できるはずなんです。そういう能力あるんだから、イヤなこととかは別に見なきゃいいのになって思うんですよね。技術っていうか、まあ心がけで。そうすると他人に対してあんまり怒らなくもなるんで。

瀬戸内　要するに、自分以外のことはどうでもいいと思ってるのよ、あなたはね。

堀江　確かにまあどうでもいいんですよ。「どうでもいい」って言えばどうでもいいですね。自分のことで精一杯で人のこと考える余裕がないんですよ。逆にみんななんでそんなに他人のこと気にするんですかね？

瀬戸内　そうかもしれないわね、いつの時代も。岡本かの子*10は、その当時、長襦袢《ながじゅばん》のような着物を着て歩くのね。長襦袢って和服の下着で、長着の下に着るものです。そしたら、*11平林《ひらばやし》たい子《こ》が「自分がこれを美しいと思って着てればやっぱり美しい。変ではない」ということを

***10 岡本かの子**
1889〜1939。大正・昭和期の小説家、歌人。岡本太郎の母。「奇妙な夫婦生活」と呼ばれた岡本一平との結婚をはじめ、奔放とも奇矯とも言われる言動の数々と、耽美妖艶な作品群が特異な地位を築く。瀬戸内『かの子撩乱』（講談社文庫）は彼女を描いた伝記文学の傑作としてロングセラーに。

***11 平林たい子**
1905〜1972。小説家。プロレタリア作家としてスタート、戦後は保守派に転じ、転向文学の代表的作家とも呼ばれた。代表作は『施療室にて』『かういふ女』『秘密』など。瀬戸内は仕事場の目白台アパートにて数ヵ月を共に過ごす。

書いてましたよ。確かにそういうもんじゃないかしらね。似合うかなあ、どうかなあとか思っているのではなく、これは自分が似合ってるんだと思って着ていると似合ってもくる。私が書いてきた岡本かの子も*12伊藤野枝《いとうのえ》も、多くの女性は時流からは抜きんでた人。他人と自分を比べたりはしない人たち。自分は普通の人とは違うと思ってた。私の書く女たちはみんなそう。

堀江　そうですね。

瀬戸内　私の書いた獄中の人も全部そうでしたよ。自分が悪いことしてるなんて誰も思ってない。だからその当時の法律とか社会通念からいったら、あれは悪いとか非国民だとか言われた人ばっかり。けれど自分はいいことしてると思ってるから堂々としてた。やっぱりそれ、ちょっといいじゃないの（笑）。カッコいいんですよ。捕まってもね。*13神近市子にしたって、恋人を刺すなんて大変なことじゃない。だけど「嫉妬《しっと》で刺した」って言う。「愛したら嫉妬が起こって当たり前だ」って裁判で言ってるの。やっぱり堂々としてる。どこが悪い、って感じ

*12 **伊藤野枝**　１８９５～１９２３。婦人解放運動家、無政府主義者、作家。関東大震災直後、大杉栄らとともに扼殺されて死亡（甘粕事件）。享年28歳。瀬戸内『美は乱調にあり』（角川学芸出版刊）および続編『諧調は偽りなり』（文藝春秋／上下巻）に詳しい。

*13 **神近市子**　１８８８～１９８１。婦人運動家、作家、政治家。１９１６年愛人の大杉栄が新しい愛人伊藤野枝に心を移したことから大杉を刺す事件を起こし（日蔭茶屋事件）、2年間の服役。《私は枕もとに置いてある手提げの中から短刀をとり出した。それはいつも私に勇気を与える力を持っていた。／今こそ、その時がきたの

で。他人《ひと》は他人《ひと》。みんなそれぞれ自分の好きな色とか好きなスタイルってあるでしょ？　それは誰かに決められたくないよね。自分の好きな生き方をするには、相手の自由も認めてあげることよね。そのときには偏見は邪魔になるわね。

堀江　日本って、わけのわからないルールが多いんですよ。例えば日本のゴルフ場のマナーなんかもまさにそれです。非常におかしいんです。なんでもいいからゴルフ場に行くときは上にジャケットを羽織りなさい。襟がついてるシャツじゃないとダメですとか。シャツをズボンにインしろとか。よくわからない理由がある。そういう本質的じゃないことにこだわっている。服装だけじゃないんですよ。お風呂場を使ったあと、こういうふうにきちんと元に戻しなさいとか。すごい厳しいんですよね。だいたいゴルフ場には「エチケット委員会」というのがある。最初聞いたとき、「え？　エチケット委員会⁉」って（笑）。

瀬戸内　紳士のスポーツということだから？

堀江　いや、紳士のスポーツだからっていうのは、本来はプレー面で

だ。》『神近市子自伝　わが愛わが闘い』（講談社）より。瀬戸内『美は乱調にあり』はこの事件の場面で終わる。

のことですよ。ゴルフって自己申告なんですね。ボールをありのままで打つとか、プレーファストとかいろいろあるんだけど、そういう本質的な部分においては紳士でない人が意外といるんですよね。ボールを勝手にいい所に動かしたり、林の中とか入ったら蹴《け》って戻していったりとかね。一打ごまかしたりとか。そういうことする人たちはいるんだけど、表面的にはジャケット着て襟つきのシャツ着てハイソックスはいてってことはやるんですよ。「見た目」が大事、みたいな。とにかく総監視社会で、逸脱することを制限されてきた名残なんじゃないでしょうか。

瀬戸内　いまだに婚礼には何を着るとか、死んだときには喪服を着なきゃいけないとか、日本はずっとすごくうるさいわね。

堀江　うるさいです。でもまあもちろんドレスコードがある場合はありますよね。ただ僕は、セレモニーとか、ハレとケのハレの日であれば別にいいと思うんですけど、普段からそれをやってるってのはちょっとおかしいかなと思うんですよね。

瀬戸内　スーツだって着すぎよね。
堀江　ネクタイ、不要です。
瀬戸内　でもまあ最近はずいぶんこだわらなくなったわよ日本は。だって、堀江さんのそのズボンだって、そんな破れたジーンズ！
堀江　(笑)。
瀬戸内　そっちの編集の人もそうだし。しかもこれを売ってるんだって。わざわざ破ったのかな、と思ったら。
堀江　破れた状態で売ってますね。
瀬戸内　なにごとも徐々にいろいろ変わってますよ。変わるんですよ、世の中は。何もかも。
堀江　変わりますよ。その「変わる」ってことを理解しといたほうがいいんですよ。
瀬戸内　固定した考えはあまり持たないほうがいいわね。
堀江　でもみんななぜか変わらないと思ってるんですよ。変わらない変えられないと思ってるから、前例のないことはしない、決められたことは守らなきゃいけないと思っていて。でも、十年も経てば状況はガラッと変わるよね、っていう。

瀬戸内　九十年以上も生きてごらんなさい（笑）。何もかもが変わったわよ！　もうそれこそ結婚でも貞操観念でも、ファッションでもね。だって、例えばパーマネント[*14]なんていうのは、私が小学校のときに入ってきたんだもの。うちの母親が街で一番初めにあてたんですよ。その理由はね、それまで髪結さんに髪を結ってもらっていたんだけど、その時間がもったいないって。

堀江　うーむ。

瀬戸内　パーマをかけたら自慢の黒髪がちょん切られて、もじゃもじゃ頭になって、そのときほんとにびっくりしたのよ（笑）。でも五年も経つうち、みんな当たり前にあてるようになったでしょ。だから、変わるんですよ。誰かが長い髪にしたらみんな長いでしょ、誰かが短くしたらすぐ短くするでしょ。

＊14 パーマネント
熱または化学薬品の作用で、髪にウェーブをかける方法。名称は長期間にわたってウェーブを保つところから名づけられたもので、略してパーマとも呼ばれる。パーマの技術を日本に普及させたのは山野愛子と言われている。戦時下の1930年代は反対する風潮があり《パーマネントはやめましょう》が流行語になった。

家も捨てました

堀江　家とかもいらないいんじゃないの？　って言ったら、家にこだわりがあるもんだから、「いや、でも！」みたいになるんです。日本の家屋なんか築十年とかになったら全然価値ないですからね。それなのに家を構えることにこだわっている人、とても多いんですよ。所有をしなきゃいけない理由はないですよね。家に限らずすべての物に対して。シェアすればいいじゃん、って思う。みんなが使いたいときに使えばいいんじゃない？　占有して所有することに何か意味があるのかって。

瀬戸内　自分の物、自分の家だから落ち着く、ってない？

堀江　それはみんなの思い込みだと思うんですよね。別にホテルに泊まってても落ち着くといえば落ち着くし。ホテルでも賃貸でも気持ちひとつで十分落ち着けるんじゃないかなあ。むしろなんでわざわざ所有したがるのかなあ。例えば昔よく企業とかでも「自社ビルを建てる」とかわけのわからないことを言ってた人たちが多かったじゃないですか。それってどうなの？　っていう。社長の夢？　そういうのって幻想だって僕は思う。

そもそも持ち家って、ものすごいリスクじゃないですか。未来の可能性を、じゃあ例えば五千万円で家建てました、五千万円分の、将来使えるであろう、あるいは自由に設計できる未来を「家」に固定化しちゃってるわけじゃないですか。三十年ローンなら三十年分未来を決めてしまってるわけですよ。なんでそんなリスキーなことができるのかが逆に僕は不思議なんですよ。だって東京に家持ってて、三十年後の東京がどうなってるか、なんて全くわからないですよ。焼け野原になってるかもしれないし。値段も上がってるかもしれないし下がってるかもしれない。それはわからない。僕からしてみたらギャンブルですよ。恐くてしょうがない。みんな経済の仕組みとか歴史を学んでないんでしょうね。というわけで僕はもうモノもぼんぼん捨てることにしました。家も捨てました。

瀬戸内　ちょうどね、刑務所《あそこ》入ったからよかったのよ、あなた。

堀江　入ったときに全部捨てたんですよ。ほぼ全部。本とか家具とか全部捨てて。人にあげたりとか。服とかも人にあげて。

瀬戸内　必ず出てくるとは思ってたでしょ。古いものはいらないと思った？

堀江　新しく出てきて、もう家もやめたんですよ……必要なくないですか？　家って。

瀬戸内　独りだったらそうかもね。

堀江　うーん、でも僕はそこも、つまり家族も――これから家族のあり方とか変わってくると思うんで――別にいらないと思うんです。僕はずるいから――前回もお話ししましたよね――誰か特定のひとりにコミットしちゃうともう苦しいんで。別れは必ず来るから。それは死別もあれば、そうじゃない別れ方をするときもあるわけじゃないですか。やっぱそれつらいんですよね、離婚してもつらいし。

瀬戸内　人は会ったら必ず別れるんだからね。
堀江　それがつらいから僕はあんまりコミットしたくないんですよね。まあそれはちょっとおいておいて、とにかく僕は家はやめました。定住する必要がないんじゃないか、って。持つとそれってストレスじゃないですか。
瀬戸内　出てきて、もうけっこう経つでしょ？　モノは増えてない？
堀江　あっという間に増えたんですけど、捨てていってます。すぐ溜《た》まるんですけど、どんどん捨てていってますね。こないだ大掃除もしました。
瀬戸内　私も五十一歳で出家したとき、マンションの部屋も、着物も服も、ほとんど人にあげて身ひとつになりました。ところが四十年間に呆《あき》れるばかりモノが増えに増えて、今また捨て場に困っている。
堀江　一番困るのは服ですね。洋服。僕はそこまではやりたくないいんですけど、例えば亡くなったスティーブ・ジョブズ[*15]みたいに、黒のタートルネックにジーンズ。彼はそれしかないわけですよ。クローゼッ

＊15スティーブ・ジョブズ　1955〜2011。アップル社の設立者の一人。その生涯は、自身が要請、ウォルター・アイザックソンが書いた『スティーブ・ジョブズ』（井口耕二訳／講談社刊）に詳しい。

ト全部それみたいな感じ。それはきっと楽でしょうけど。

瀬戸内　堀江さんは自分で買いに行くの？

堀江　自分で買いに行ったり人に買って来てもらったりしますけど。男性ものってなかなか通販で買えないんですよね。それに服って一ヵ月に一回着たいものとかってあるじゃないですか。そういうモノにしばられた生活からはかなり解放されてるとは思うんですけれど。

瀬戸内　私の場合は、もうどうしようかと思って。『死に支度』って小説がまさにそうなんだけど、「死ぬまでにどうやって片付けるのか」ってことを書いてるの。だいたい大切な本や資料なんかは徳島に文学館[*16]というのを作ってそこに入れてあるんですよね。だからそれはもう大丈夫なのね。でもなんか雑なものが増えてね。だいたい家が増えてるの。

堀江　僕はダメですね。そういうのはどんどん投資したり、使ったりするほうに回していってますね。

瀬戸内　貯金も「するな」なんですってね。

＊16 **文学館**
徳島市にある《徳島県立文学書道館》。愛称は「言の葉ミュージアム」。2002年開館。SF小説の先駆者海野十三や「幕末の三筆」のひとり貫名《ぬきな》菘翁《すうおう》をはじめ徳島出身の作家と書家の作品を展示し、その業績を顕彰した芸術的空間。3階には「瀬戸内寂聴記念室」がある。瀬戸内は館長を務める。

堀江　はい。貯金っていうのは、僕はいまいちそのよさがわかんないんで。

瀬戸内　今までしたことない？

堀江　いや、やらされてました、小学校の頃。郵便局が小学校に来て、積み立て貯金しろみたいなのあったじゃないですか。それ以来やってない。利子もつかないし。銀行にただでお金貸してやってるようなもので、でも貸しても金利をつけて返してくれないんだから預ける意味ないじゃん、って。そもそもお金って使ってこそ。使わなきゃなんの役にも立たないじゃないですか。

瀬戸内　あれ、もうまた使えるお金がたくさんできちゃったの？

堀江　いや全然ないですよ。使えるお金は、人の金ばっかりですね(笑)。

瀬戸内　なんか堀江さん、魔法のようにお金できるような感じがする。

手ばなさないというカッコ悪さ

堀江　「こだわる」の先には「手ばなさない」ということもありますよね。つまり既得権、既得権益[*17]。長寿の世の中になると、利権が増え、譲らない、という人が多くなります。それも僕なぜかよくわからないんですけど。

瀬戸内　それこそカッコ悪いことなんですよね。老年男子、勇退しませんね。組織である程度の役をもらったらそれをはなさないっていう。堀江さんだったら全部いらん、って言うでしょ。

堀江　組織の中に長くいると守りにはいっちゃいますからね。

瀬戸内　作家の中にはないね？　ある？

堀江　やっぱり一部ありますよね。文壇[*18]はなくなってきましたが。

瀬戸内　昔は見上げるような作家がいた。今はいないじゃないの、そんなの。文芸雑誌の目次見たってそんなドキドキする人ひとりもいな

＊17 **既得権益**
一定の集団が過去の経緯のままに獲得し続けている権利と利益。富の公平な分配、公正であるべき競争の障壁となることも多い。代表的な既得権益として、官僚制（天下り）、記者クラブ、原子力村、ＮＨＫ受信料、水利権などが挙げられる。

＊18 **文壇**
作家・批評家などの社会。文学界。「文壇バー」というのは彼らが常連であるバー、クラブのこと。

い。かつてはやっぱりすごかったですよね。歴史に残る作家の中に自分の名前がひとつ入ったら、もうれしかった。そのときが一番うれしかったかな。

堀江　文学賞を選ぶ人とか。一度選ばれるとなかなか降りなかった時代もありましたね。

瀬戸内　ああ、降りなかった降りなかった（笑）。選者ってね、三十万円かそこら、くれるらしいのね。

堀江　そこですか⁉（笑）

瀬戸内　でも、純文学の作家なんかそれが大事なのよね。あと、みんなちやほやしてくれるんでしょ。

堀江　いや、確かに既得権を手ばなさない人って多いですよね。フジテレビの日枝久《ひえだひさし》さんとか二十年以上もやってますもんね。あの人、長いですよね、院政しいてから。周りも言えなくなっちゃうんでしょうね。そろそろ勇退を、みたいなこと。

瀬戸内　でもホリエモンなんか、あそこ入る前ね、すごい若さであれだけの仕事をしてあれだけのお金を儲《もう》けてすごい、ってことになってたでしょ。そのときやっぱりいい気持ちだったんじゃないかしら？ない？

堀江　その地位を、僕はずっと維持しようとは思わなかったんで。また全く別の新しいことやろうと思ってたんですね。

瀬戸内　世の中、こんなにつまらないのか、と思ってた？

堀江　いやいやそんなことないですよ。そんなことないんですけど、新しい分野をやっていく分には既得権がないので楽なんですよ。そういうものとぶつかることがないんで。ただ先駆者がいる部門はだいたい既得権があるから、ほぼぶつかるんですよ。その人たちにとっては「あいつは自分たちがぬくぬくしている部分を奪っていく敵だ！」みたいな感じになっちゃうんだけど、世の中全体はより便利に、より豊かになっていくと思って僕はやってるわけですよ。だからそこでぶつかるわけですよ。あいつはなんでおれたちの縄張り荒らすんだ、という人たちと。

瀬戸内　球団買収[*19]なんかもそうだったのね。

堀江　そうです。当時球団なんかみんな赤字で、ファンサービスも全然なってなかったわけですよ。見に来てもいいぞ、くらいの感じで商売をしてたから、ファンも離れていくし売上げも下がっていくし。それは当たり前の話じゃないですか。衰退は当たり前だったと思います。日本のプロスポーツ界で一番うまくいってるのって、LPGA、日本女子プロゴルフ協会なんですよ。やっぱりプロ選手に対する教育がすごい。お客様に対するホスピタリティってのが徹底しているんですよ。礼儀作法もしっかりしてるし。サービスというのは普通にそうやってちゃんとやるべきですよね。でも、既得権益者たちがいると、それまでの甘い権利の中でずっとやってこられたし、やっていけるから、たとえマーケットが小さくなっていっても、じゃあプレイヤー減らしていけば生きられるよねってほうに話が向かっちゃうんです。だけど当然やっぱり行きづまる。だから、それが自由競争になった途端にみんな焦って努力しだすわけですよ。プロ野球だとサッカーのJリーグが

＊19 **球団買収**
ライブドア時代、2004年に大阪近鉄バファローズ買収を申し出るも拒否される。続いて東北に新球団「仙台ライブドアフェニックス」として参入準備をするが、実現には至らなかった。《新規参入》はこの年の流行語大賞の一つに。

スタートしたときに焦りましたよね。例えば高速道路とかも昔は道路公団だったのが、民営化[*20]してやっぱり高速道路のサービスエリアとかものすごく充実してきたでしょ。そういうのが大事だと思いますね。

瀬戸内　わかりやすいわよね。ホリエモンは、ずっと既得権を脅かしてきたのよね。だから憎まれたのね。

*20 **民営化**
2001年総理大臣小泉純一郎時代に提唱され、2005年に4公団（日本道路、首都高速、阪神高速、本州四国連絡橋の各公団）の民営化が行われた。

3

子育てってエンタテインメント

少子化問題は政策ではなく流行にして解決

瀬戸内　こんな元気な二人がね、「死」について話していても誰も信じないから、今度は産む、生まれるという話をしましょう。

堀江　いいですね。

瀬戸内　私は二人姉妹なんですね。うちの母親は全く教育もない昔の人なんです。高等小学校、それくらいしか出てないの。だけど読書が好きで、いつのまにかサンガー夫人[*1]の思想を受け売りでもらってて、私たち子ども二人に「絶対にたくさんは産むな」ってことを教え込みましたよ。

堀江　そうなんですか。子どもを産むな？

瀬戸内　そもそもは「貧乏人の子沢山」で女が苦しんでいた状況をみかねて、避妊法の提唱をした人。やたらと産まないで、少なく産みなさいって。そのためにセックスするときは気をつけなさいって。少なく産んで、ちゃんと教育しろって。教育もできないのにたくさんの子どもを産むのはバカだって。それが頭に刷り込まれた母は私たち姉妹二人にも「子どもは少しにしとけ」って教えました。今もその教えが

＊1サンガー夫人
マーガレット・サンガー。1879〜1966。アメリカの産児制限運動指導者。1910年ごろから労働運動などにたずさわった。ニューヨークのスラム街で看護師として働くうちに、貧しい女性が多産や中絶で命を縮めるのを見て、女性を救うのは労働運動ではなく避妊の情報であると考え、産児制限運動を始めることを決意。14年、産児制限運動誌《女性反逆者》を発刊し、産児制限（birth control）の語も考え出した。

頭にあるの。だから私の姉も二人しか産んでない。私もひとりしか産んでないでしょ。昔からそういう考えを持ってる人もいたのね。でも一方で、周りを見たら当時は十人兄弟とか一ダースとかってざらにあって、私の小学校の頃は、例えばフランスが少子化で非常に子どもが少ない、でも日本は子どもが多いからね、日本は将来があるけどフランスはだんだん衰えて今になくなる、なんて習ったわよ。今は逆よね。[*2]

堀江　経済って子どもが少なくなってくると停滞していくんですよね。

瀬戸内　つまり多いほうがいいの？

堀江　まあそれなりに。多すぎるとまたこれはこれで問題なんですけど。

瀬戸内　中国みたいになったらもう大変。それで慌てて少子化方向に向かったのよね。結果、男の子が増えることになったんでしょ？

堀江　「一人っ子政策」[*3]でしたよね。人口がずっと増えすぎてて大変なことになるってことでやったんですけど、そしたら跡継ぎがほしいから男の子が優先されるわけですよ。結果、男女の割合がいびつにな

＊2 今は逆
出生率（ひとりの女性が一生の間に産む子どもの数）を見ると、フランスは2・03人、日本は1・42人（2014年）となっている。

＊3 一人っ子政策
中国で、爆発的な人口急増を背景にした食料や資源確保のために1979年に公布され、83年から実施された「計画生育政策」。政府はこの間に4億人の増加を食い止めたとする。13年共産党発表の決定本文には政策の緩和について盛り込まれている。

るとか。あと、二人目が戸籍に入れなかったりして、いないことにするとか。それで*4黒孩子《ヘイハイズ》みたいなのが出てきたりして社会問題になっているわけじゃないですか。それをこれからは緩和させるとかいう話ですよね。男の子だけとか、産ませないとかというのは社会的な習慣だから、なかなかそれをどうにかするってことは難しいと思うんですけど。

瀬戸内　私の経験上の話ですが、男の子も女の子も中国の子はね、すごく甘やかされてるの。

堀江　一人っ子ですからね。

瀬戸内　しばらく*5天台寺《てんだいじ》で中国の子どもを預かったことがあるんですよ。かわいらしくて行儀もいいんだけど、本当にわがままよ。こんなもの食べないとか、こういうのイヤだとか、このおもちゃほしいとかね、日本の子どもよりずっと強烈。そのとき呆《あき》れましたよ。でも歌を歌ったり、お遊戯とかはもう上手なの。そういうのは日本の子より上手なの。

*4 **黒孩子**
一人っ子政策下において、出生届が出されず、戸籍も住民票も持たない子どものこと。一般的には数千万から数億人いると言われている。法律上は「いないもの」とされ、難民や人身売買、犯罪の温床になるなど、深刻な社会問題となっている。

*5 **天台寺**
岩手県二戸市にある天台宗の寺院。作家の今東光と瀬戸内が一時期住職をしていた。

堀江　へぇー。

瀬戸内　それから東北はね――私もう三十年近くずっと天台寺に通ってるでしょ――東北は今お嫁さんが少ないのね。女の子がみんな都会に出ていって、農家に嫁ぐ人が少ない。それで中国からもらうの。すごく困っている家の娘とかが日本にお嫁に来たがる。その娘は姑《しゅうとめ》にとてもよく仕えて、よく働いて日本の側としてはすごくいいんですよ。だけど、私のところに秘《ひそ》かに身の上相談に来るのね。私はもう中国じゃ暮らせないから、親たちを救うためにここに嫁に来たんですと。写真を見て来たんです。姑も舅《しゅうと》もとてもいい人だった。仕事も、野良仕事も嫌いじゃない。だけどね……亭主がね「アホでイヤ」って言った。

堀江　(笑)。

瀬戸内　そのお嫁さんは「それでも辛抱しなきゃならないか」って、私のところに来て泣くのよ。だから私が、かわいそうね、やっぱり結婚はあなたが幸福にならなきゃ続かないから泣きながら辛抱することないよ、って言った。そこを出て違う男作ったほうがいいよ、国に帰ったらどう？　なんてアドバイスしたんですけどね。本当にかわいそうよ。

堀江　いやあ、それって＊6『愛《いと》しのアイリーン』ってマンガを思い出すなあ。アイリーンはフィリピン人で、その子とやっぱバカな跡継ぎ息子が結婚して最後死んじゃったりするんですけど。逆にいうと、そこまでして家を継がなきゃいけないのか？　と思うんですね。そういうふうに地元に縛りつけられてる人ってすごく多いと思いますよ。僕の小学校の同級生がそのせいでなんか変になっちゃったみたい、っていう話を聞きました。ひとりだけいまだに連絡をとってる友人と久々に会ってメシ食いに行ったんですけど。あいつどうしてる？　みたいな話になって。共通の友達で、すごく快活でヤンチャだったやつがいて。「いやあ何年か前に噂で聞いたら、頭ちょっとおかしくなっちゃったみたいなんだよねえ」って。なんでかっていうと彼の家は農家なんですね。家を継がなきゃいけないと。だけど本当は継ぎたくない、農家はイヤだ、都会に出たい、と彼は思ってたんだけど、おじいちゃんと

＊6 **『愛しのアイリーン』**
新井英樹著。『ビッグコミックスピリッツ』（小学館）に連載された漫画。フィリピン人アイリーンと結婚した40代の男を中心に、少子高齢化、嫁不足、後継者問題等々の現代農村問題を描く。第1巻は1995年刊で全6巻。現在は太田出版より上下巻で復刊されている。

お父さんがめちゃくちゃ厳格で、家から出ることを許してくれないって言うんですよ。そういうのが僕はすごくイヤで。でもいるでしょ、今でもしっかり。そうやってムリクリもう縁切るぞくらいのこと言われて夜逃げするしかなくなってるような子から、もっとマイルドに言われてる人まで大小あると思うんですけど、でも必ずそれって、親の言うこと聞きなさいみたいな道徳的、儒教的なものが底流にあるじゃないですか。

「貞操」って死語

瀬戸内　でも今の子どもは親の言うこと聞かないでしょ。

堀江　いや！　聞くんですって。すごい聞いてますよ。聞かない子もけっこういるんですよ、僕みたいに（笑）。でも聞く子もそれなりにいますよ。

瀬戸内　そういえば私のスタッフの女の子はそうね。親の言うことを聞く以前にね、すごい親孝行なの。それが不思議でしょうがない(笑)。そんなに多くない月給なのに、もらったら親を喫茶店に連れてっておごったりするの。そんなことしないで自分の物買え、って私は言うんだけどね。親が大事なの。学校入れてくれたとか、留学するときお金出してくれたって。私は親不孝だったから感心してるの。

堀江　はははは。だからいるんですよ。そういう子は。半分くらいは聞いてると思いますよ、僕の体感ですが。親の価値観に縛りつけられて、そうしなきゃいけないんじゃないか、と思い込んでる人は多いですよ。逆に言えば、みんな言い訳がほしいんじゃないかな? できちゃった結婚とかも[*7]、みんなイヤみたいですね。できちゃった婚なんてわざわざ言葉にして言うけど、僕は「できちゃった」以外で結婚するきっかけなんかないだろう、と思っちゃう派なんですよね。

瀬戸内　(笑)。

堀江　それをわざわざ「さずかり婚」とか言い替えなきゃいけなかったりとか。こないだあるタレントが、テレビ番組で一緒になったとき

＊7できちゃった結婚
厚生労働省資料によると《結婚期間が妊娠期間より短い出生》の割合は1980年に10・6%だったものが、2004年には26・7%と、約20年間で倍増している。

に、わざわざ「さずかり婚」って言ってるのを聞いて、うわぁキモチ悪いと思いました。なんなんだそれ、さっき控え室では「できちゃった婚で」って言ってたじゃねえかよって。

瀬戸内　できちゃった婚なんて今や当たり前よね。でもまあ私の時代と比べると、セックスに関することは本当にもう極端に変わったわね。もうここの端からあっちの端くらいまで違うの。驚きばかりですよ。全く変わった。ある女子大生と話してたらね、「テイソウって何ですか?」って言うのよ。私が「操《みさお》よ」って言うと、「ミサオって何ですか?」って。「あんたたちみたいに誰とでも寝ちゃったりしないことだ(笑)」って言ったらね、そしたら「それのどこが悪いんですか」って言うの、真顔で。

堀江　はははっ!

瀬戸内　そう言われたら、なるほどって思うでしょ。どうして悪いんだっけ?　なんて。だからもう「貞操[*8]」ってないのかしら。死語なのね。

＊8 貞操
《寂聴「でも、私はこれをいいことだと思っているの。今から約100年前に、平塚らいてうが日本で初めての女流文芸誌『青鞜（せいとう）』を作った（1911年創刊）。その『青鞜』に「貞操」がどうこうと書いてあると、世の中の人はビックリ仰天して大騒ぎしたんです。だけど、今は中学生でも貞操の観念なんてない。処女と結婚しようなんて思ったら幼稚園を探さないといけない、そんな時代ですよ。」》（『東洋経済ONLINE』湯浅誠・瀬戸内の対談より）

堀江　でもそれはやっぱり人によりますよ。両極端っていうんですかね、考え方として堅い子はほんと堅いですよ。なんでそんな君堅いの⁉　ってくらい。って子もいれば軟らかい子というか（笑）、本当にまあ誰とでもとまでは言わないですけど、かなり奔放な方もいらっしゃいますよね。

瀬戸内　その子は結婚したいのよ。早く結婚したくてしょうがないって。なぜかって言うと「子どもはほしい」んだって。最低五人はほしいって。そしたら早く結婚しないとそんな産めないでしょ。

堀江　一般的にセックスについては、まあでもだんだん自然に近づいてきたんじゃないですか？

瀬戸内　それと離婚ね。私たちの時代は、結婚して離婚すると「キズモン」って言われた。それが今じゃむしろ勲章でしょ、「何度しました」なんて平気で言う。

堀江　勲章ってことはないでしょうけど、離婚はけっこうみんな普通にしてますね。[*9]

＊9 **離婚はけっこうみんな普通にしてます**　厚生労働省「離婚の年次推移」によれば、1967年までは6万9000〜8万4000組で推移していたが、2002年には29万組に。現在も22万組前後で推移している。

瀬戸内　以前、とある席に十人のキャリアウーマンがいて、「この中で離婚してる人は?」って聞いたら全員手を挙げて、中には両方挙げて「二回!」とか(笑)。そしてみんな子どもは連れて出てる。ああ、時代は変わったなって思ったの。私が子どもを捨てたときはね、連れて出たら食べていけるかどうかわからなかったの。自分ひとりが生きられるかどうかわからないのに、子ども連れてたら仕事ができないじゃないの。それで一度連れ出したのをまた返しに行ったりね、また連れ戻しに行ったもののやっぱりやめたりね、そんなこと何度かしましたよ。今は子連れでも女もまあ働けるからね。時代は変わりましたよ。離婚しても、恥ずかしいことと思ってないしね。世間もキズモンなんて言わないでしょ。

堀江　少子化といえば、あとやっぱり日本って中絶数[*10]がすごい高いんですよ。世界一レベルですよね。ものすごい数ですよ。えっ⁉　こんなに中絶してるんだ、みたいな。中絶って違法なんですけど、母体保護法[*11]でしたっけ、それで一応グレーなんだけどまあオーケー、みたいい

＊10 **中絶数**
厚生労働省統計によると、2008年に日本で行われた人工中絶は約24万件、出生100に対する比率は22・2件(全妊娠のおよそ5人に1人弱)。

＊11 **母体保護法**
母体の生命・健康の保護を目的とし、不妊手術・人工妊娠中絶に関する事項を定めた法律。ちなみに中絶は、健康または経済上の事由などで認められる。

な感じになってるんですよね。

瀬戸内　以前は「堕《お》ろす」って言ったのね。堕ろした子は水子《みずこ》と呼ばれた。それで水子地蔵を拝んだりして、お寺はそれで稼げたりして。

堀江　なるほど。なんでこんなに中絶が多いかって考えると、まず「避妊」をあんまりしてないんですよね。あと「子どもができると結婚をしなきゃいけない」みたいな意識があるんじゃないですか？　シングルマザーはよくない、みたいな意識とか、シングルマザーだと経済的にやっていけないとか。そしてもっと言うと、楽しいことはほかにもっといっぱいあるよね、みたいなところもあるんじゃないですか。子どもを作らなくても、楽しいことといっぱいあるよねって。つまりは結婚制度自体が少子化の原因となっているともいえます。

瀬戸内　フランスとかだと、結婚しないで一緒に住み出して子どもを作るとか全く平気よね。

堀江　そうですね。事実婚[*12]ってそうですよね。僕は思うんですけど、少子化対策って政策じゃなくって、雰囲気づくりの問題だと。完全に

＊12 **事実婚**
婚姻届を出さないまま、共同生活、事実上の夫婦生活を営む場合を指して用いられる。

流行《はや》りのものであって、政策でぐじゅぐじゅやったところでうまくいかないと思いますよ。一人っ子政策みたいなことは法的な強制力があるからできるんですけど、やっぱり政府がやる政策っていうのは、中国のように長期的ビジョンに基づかずなんとなくやっちゃうから、未来予測が変なんですよね。変っていうか予測なんかできっこないですよ、十年後二十年後の未来なんて。

瀬戸内　楽しいから子どもを作る、ってなったらいいわよね。

堀江　そうですよね。子ども作るいくつかの理由があって、それは例えば愛し合ってる二人の間の愛の証《あかし》がほしいとか、なんか親に言われたから作らなきゃいけないとか、孫を見せたいとか、あるいは自分が実現できなかった夢を子どもに託したいとか、いろいろあると思うんですよ。特に「夢を子どもに託す」っていうのは、正確には託してるわけじゃなくて、それを含めて自己実現の一種なんでしょうね。立派な子どもを作って育てたという。定期的に「なんとかパパ」みたいなのが出て来るじゃないですか。亀田《かめだ》パパみたいなのとか。ＡＫＢ48のお父さんお母さんとか。成功した子の親なんかを見ると、ああ十年、十五年であんな子たちができるんだったらそれはそれでいいもんだね、みたいな。そういうのちょっと育ててみたいなって思う人もいますよね。実際は成功の可能性極めて低いんですけど（笑）。

瀬戸内　子どもは産んだら育てなければ子どもじゃないし母親じゃないですよ。私は育てなかったからね。五歳で置いて出たからね。でもだからそうするとね、逆に今ではちゃんとつきあってるのよ。しょっちゅう来ては「お母様」なんて言うんだけどね、もうピンとこない（笑）。

堀江　（笑）。

瀬戸内　男にできなくて女にしかできないことは、子どもを産むことでしょ。女として生まれたらね、できることならですよ、できることならやっぱり一回は子どもを産めって勧めてるんですよ。産める年齢の間にね。それは苦もあるかもしれないけど、やっぱりその経験は強いと思うのね。物を作ったって下手くそだったりするけど、子どもは自然にできるからね。器量が悪くて見られない、なんて子はいないですよ。みんなかわいい子できますよ。

堀江　ふーむ。

瀬戸内　それは人間として、女として生まれた喜びのひとつだと思うしね。結婚しないでもいいから子どもはやっぱり産んだほうがいい。

堀江　だからそれを支える社会的な取り組みが必要ということですけどね。偏見への対策とかも含めて。

瀬戸内　今は偏見ないのよね、あんまり。

堀江　前に比べたらそりゃそうですけど。

瀬戸内　前はもう大変だった。そんな、結婚しないで子ども産んだなんていったら、すごかったですよ。百年の間に女性の立場が本当に変わった。家に対する考えも。例えば、亭主は好きだけれどもなんで姑を好きにならなきゃいけないのか？　なんて言ったら昔は大変だったの。今は当たり前でしょ。亭主は好きだけど姑嫌い、ってみんなはっきり言ってるじゃないですか。同じお墓に入りたくないだのね。そういうふうに言えるようになるのに長い月日がかかっているのよね。百年前に*13平塚《ひらつか》らいてう《ちょう》さんが*14『青鞜《せいとう》』を出したとき、自分は年下の男に惚れちゃったけど、その母親を好きになれないってはっきり書いています。『青鞜』では女の貞操について論じ合っていますが、その当時らいてうさんの主張は反発も多かった。セックスだってそうですよね。純潔を守るなんて当たり前のように言ってね。*15乃木《のぎ》大将の夫人*16の言葉があるのね。それには、女はセックスするときに声をあげてはいけません、って書いてあるのよ（笑）。

養子制度を流行らせればいい

瀬戸内　それにしても、子どもができないっていったら、無理して一生懸命、外で精子や卵子をもらったりする……すごい時代になったわね。

堀江　単純に養子をもらえばいいのになと思うんですよ。世の中には

*13 **平塚らいてう**
1886～1971。社会運動家・評論家・作家。雑誌『青鞜』を創刊、「元始女性は太陽であった」というマニフェストなどで、日本におけるフェミニストの草分けとされる。女性参政権運動も積極的に展開した。

*14 **『青鞜』**
日本初の女流文芸同人誌。1911年、平塚らいてうらを発起人とし、与謝野晶子、野上弥生子、田村俊子ら女性のみの同人誌として出発。末期は伊藤野枝が編集人を務め、16年休刊。

*15 **乃木大将**
乃木希典《まれすけ》。1849～1912。陸軍軍人。後に学習院院長。日露戦争で司令官として旅順を攻略。明治天

子どもをほしい人以上に、親の必要な子どもたちはいっぱいいるんですけどね。お金がなくて育てられない人、育ててもらえない子どもなんて山ほどいるのに……。昔は養子って普通でしたよね？　江戸時代まで……いや、明治時代くらいまで普通だったんじゃないですか、養子って。

瀬戸内　昭和の頃だって普通にあったわね、養子縁組*17。

堀江　不妊治療なんていう大変なことまでして子どもを作んなきゃいけないかな？　って思いますけどね。みんな自分の腹を痛めた子どもを作ることにこだわるんだけど、そこまで執着することないんじゃないかなあ。それより養子制度を流行らせればいいんですよ。僕は血縁よりも社会的な縁を重視するほうかもしれないです。生みの親より育ての親なんじゃないかって。先日『そして父になる』*18って映画を観たんですよ。自分の赤ちゃんを取り違えられたまま五～六年育てちゃう。あれ観てて思ったのが、六年間連れ添った家族のほうがそりゃ大事でしょ。そんなにタネがどうとか血の繋《つな》がりとか、こだわらなくてもい

皇の大葬の日、静子夫人とともに自刃、殉死する。各地の乃木神社は彼をまつったもの。

＊16 乃木夫人の言葉
《如何に心地よく耐りかね候とも、たわいなき事を云ひ、又は自分より口を吸ひ或は取りはづしたる声など出し給ふべからず》（乃木静子『母の訓』より）

＊17 養子縁組
戦後の養子縁組の件数は1940年代末の約4万5000組をピークにずっと右肩下がりの激減。近年では毎年1000～1500組程度。（参考：野辺陽子「養子制度」〈「baby com」HPより〉）

いのでは？　と。

瀬戸内　アメリカなんてそんなのいっくらでもいるからね。

堀江　スティーブ・ジョブズだって養子でしたよね。

瀬戸内　「我々はこれが家族です」って言うんですよ。それで仲良くしてるの。それでいいよね。

堀江　DNA鑑定までした芸能人夫婦[*19]もいましたね。実の父ではなかったなんて公表した。こだわりの悪例ですね。いいじゃんそんなこと、って思えないのかな。一緒に暮らしてきた事実、現実のほうが重いと思うんだけど。

瀬戸内　全く同意。

堀江　子育ては自然にすること、できることですからね。どうしたって子育てって、一種のエンタテインメント——僕はまたコンテンツだとか言って叩《たた》かれるんですけど——要は楽しいからやるわけでしょ？　楽しくてやりがいがあるから。子どもを育ててそいつがちょっと立派な人間になってくれたらうれしいじゃないですか。だからある意味、

***18『そして父になる』**
2013年、是枝裕和監督、福山雅治主演。第66回カンヌ国際映画祭審査員賞受賞。

***19 DNA鑑定までした芸能人夫婦**
2013年末、元光GENJIの大沢樹生が『週刊女性』（主婦と生活社）で、長男（16歳）のDNA鑑定をしたところ実子ではなかったことを公表、女優の元妻・喜多嶋舞と論争に。

ゲーム的な要素があるわけですよ。自分が今やってるほかの仕事とか娯楽とか、時間をある程度犠牲にしてもいいと思ってるからやってるわけであって、イヤイヤやってるならやらないほうがいいし、じゃあそこまでめちゃくちゃに楽しいか？　っていったら、まあ大変なことも多いし、それはトレードオフ[*20]の関係だと思うんですよ。そう考えるとやっぱり僕がどうしても子どもほしいかって問われたら、いや時間がどれだけ取られるかにもよるなって思いますもんね。だから前の奥さんみたいに、とにかく土日は家に帰って子どもの面倒見ろみたいなことを言われると……。

瀬戸内　あら古くさい奥さんね、今どきにしては。

堀江　ちょっと古くさいですね、はい。しかもベビーシッターとかハウスメイドみたいなのは使いたくないって言ったりとか。旅先とかで託児所に預けるのイヤだとか言うんですけど、やっぱりそういう人とはやっていけないですよね。そのへんはある程度割り切ってもらって、頼めるところは頼んで、お金でなんとかなるところは使って、無理の

＊20 **トレードオフ**　複数の条件を同時にみたすことのできない関係のこと。品質を追い求めすぎると価格が高くなる、価格の低下を追い求めすぎると品質が悪くなる、といった二律背反になること。

ない子育てをできるような人じゃないとたぶんやっていけないです。

瀬戸内　男女の意識差、大きいわよね。

堀江　父と母というのは違いますよね。男にしてみれば、子どもって、特に男の子とか生まれると妻を取られちゃう感じがするってところがある気がして。だから僕はそこもちょっとイヤなんですよね。

瀬戸内　そういえばあなたも子ども置いてきたけど、その子、あなたとそっくりに育ってるかもしれないよ。性格もね。そんな子がふっと、十五、六になって目の前に出てきたらどうかしら？

堀江　……どうなんでしょうねえ……？

瀬戸内　作家の水上勉《みずかみつとむ》[*21]さんがそうでしょ。捨ててきた子が、突然立派になって出てきた。誰が見ても顔がおんなじなの。すごかったですね。[*22]ニュース知ってるでしょ？　その息子さんは立派な個性的な美術館[*23]を作られましたよ。素敵な人ですよ。ベン（勉）さんもその再会のこと、小説に書きましたよね。都合のいいようにうまく書いてたけど（笑）。堀江さん、子どもに会いたくない？　恐ろしい？

＊21 **水上勉**
1919～2004。小説家。代表作に『雁の寺』『越前竹人形』『飢餓海峡』等多数。受賞も数多い。

＊22 **ニュース**
戦争と貧困のため養子に出した長男（窪島誠一郎）が東京大空襲で行方不明に。1977年に劇的な再会、マスコミを賑わせた。

＊23 **美術館**
村山槐多ら夭折の画家作品が展示される〈信濃デッサン館〉と、戦没画学生慰霊美術館〈無言館〉。長野県上田市にある。ほかに東京の〈キッド・アイラック・ホール〉（現〈同アートホール〉）も窪島氏によるもの。

堀江　いや、恐ろしくはないんですけど、別になんか「どうしても」みたいな感じではないですよね。

瀬戸内　でも、いつか会いに来ますよ、必ず。

堀江　いるのわかってるし。僕、なんかそういうのあるんですよ。いるのわかってればいいって。問題がなく育っていれば別にそれ以上はない、っていうか。それは子どもに限った話でもなくて。

瀬戸内　人間ってね、そばにいないと、そんなに気にならないのよね。ほんとに。

堀江　うん。そうでしょうね。

瀬戸内　新たに子どもがほしいとかはない？

堀江　う〜ん、女の子だったらいいですけどね。

瀬戸内　結婚しないでも、ほしいでしょ？　やっぱり結婚したほうがいい？

堀江　いやいやいやいやいや。結婚しなくていいです。結婚すると、とにかく相手の家が出てくるんで、それがイヤなんです。家っていうか、お父さんお母さんくらいまでは全く我慢できるんですけど、よくわかんない親戚《しんせき》がイヤなんですよ。自分の親戚だってそうですからね。もううっとうしいんですよ、SNSでイトコみたいなのが絡んできますからね。変な教材みたいなのネットで売ったりして（笑）。うわあ〜と思って。一時期鬱《うつ》になってどうのこうのとか書いてあって、またまたうわあ〜と思って。親父のイトコなんて人からも来ましたね。そういうよくわからない血縁関係とか恐いし、めんどくさいですよ、ほんと。

瀬戸内　堀江さんは「恋」ってするの？

堀江　え？　しますよ、そりゃ。

瀬戸内　まだ興味あるんだ。もうないのかと。

堀江　ありますよぉ！　何言ってるんですか。

瀬戸内　今でも、女は恋愛関係になったらさ、「結婚して」って言う？

堀江　言う人と言わない人がいますね。でも僕は、執着心が強い人はダメなんですよ。

瀬戸内　でも執着心がなかったら恋愛なんてできないよ。

堀江　いやいや、そんなことないですよ。ひとつのものに頼るのってよくないんじゃないかと思うんです。それもあって僕、結婚に否定的なんですよね。

瀬戸内　それじゃ自分が好きな女が他の男とできてて、それわかってても、ああそれは納得しますって言うわけ？

堀江　そうですねえ。

瀬戸内　そう？　ほんと？　うそお〜！

堀江　だんだんそうなってきましたね。昔はちょっとキツかったですけど、今は嫉妬《しっと》心なくなった。まあみんなで支えよう、みたいな。

瀬戸内　（笑）。

堀江　目の前でイチャイチャされたりしたらそれはイヤだけど、知らないところでなら。僕忙しいし、逆に毎晩会おうみたいに言われても困るし。

瀬戸内　やっぱり「結婚して」なんて言わない人がいいでしょ？

堀江　そうですね。お話ししたように家と家の関係を作るのがイヤなので。だからわりと若い子とつきあってるんですよ。二十代前半とかだと、普通はまあ言わないんで。仕事とかを頑張ってる若い子。自分の仕事があって、その仕事が好きでという女の子って、別に結婚して経済力のある旦那《だんな》に養われて……とか考えないじゃないですか。頑張って自分で成功してやるって思ってる。そういう人がいいですよね。つきあうのはだいたいそういう人です。でも僕ももう四十一歳で、四十一年間も生きてくるといろいろな人間関係があるわけですよ。過去の蓄積があって。で同い年くらいから三十代くらいまで、もう今や全部年下。バツイチの人とかもいるし、結婚願望がある人もいるし、そういう人たちと普通に友達だったりするわけじゃないですか。で、そういう女性たち……恐いですよね、ちょっと（笑）。三十代以上になると、結婚を考えてる人ばっかかですね。

瀬戸内　そうでしょ。二十七、八から三十五くらいまでは、もう結婚したいんでしょうね。でもそのとき仕事が面白くなってたら、気がつけばもう、ああ三十五歳だとかね。女の人って働いてたら、あっという間に歳とるよ。

堀江　だから、子どもだけ作ればいいんですよ。それが普通になればいいんです。産後の社会復帰も当たり前で、子どもができない人は養子を迎えて、そういうのが当然の社会になれば少子化はなくなってると思いますよ。あとですね、子どもは投資だと考えればいいんです。そもそも実の子どもでなくても期待できる若者には投資すれば[*24]、と僕は思いますね。

*24 **若者には投資すれば**
《新しいビジネスを創造する意欲のある若者に投資をすることです。投資の方法はいくらでもあります。（中略）それは自分の親族でもかまわないのです。斎藤佑樹くんや石川遼くんは、ご両親の〝投資〟が彼らの才能を開花させたとも言えます。》堀江『堀江貴文の言葉』（宝島社）より

4 生きてるだけでなんとかなるよ

ろくに努力もしないで、絶望するな！

堀江　寂庵には「死にたい」というような人が相談に来ることとかはありますか？

瀬戸内　よくありますよ。「もうこれから死にます」なんて言ってくる。そういうときは手紙なんか出したって間に合わないし、電話番号が書いてあったりもするから、電話かけて「死んだらそれっきりだから止めなさい」って言う。そうすると「えっ、本物の寂聴さんですか？」なんて元気な声を出す（笑）。とにかくなんか聞いてほしいのね。うちに来るのは予告で、それは止めてほしいだけ。けれど、ほっとけばね、もしかしたら本当に死ぬかもしれない。

堀江　連絡してくるということは、まだそれだけ元気はありますね。

瀬戸内　私の声を聞いて電話の向こうで、本当は死にたくないんだけど、口に出して「死にたい」って言ってみるのね。でも人は死ぬときは死にますね。やっぱり病気になってダメって言われること、それから経済的に破綻《はたん》がきたとき、人は死にます。私の昔の恋人は首つって自殺しましたよ。そのとき私とはもう別れていて、別の人と結婚して子どももあって。「子どもがほしい」って言うから私は別れてあげたんだけど。結局子どもが二人もできたのに。原因は、肺癌になったこと、事業の失敗。あとは、東北で天台寺の檀家《だんか》の人がひとり自殺しましたね。「自分が死んだら保険金が入ってくるからそれで借金が払える」って。そういうの多いですよ。日本は自殺多いわよね。[*1]経済的なものが一番多いんじゃないかなあ。恋愛して失恋して死ぬなんていうのはあんまりないでしょ。

堀江　経済的にねえ……。僕、自殺って、プライドの問題だけだと思いますけど。病苦を除けば、日本の場合の自殺はそうでしょう。お金が払えなければ踏み倒せばいいんですよ。それは当たり前の話じゃないですか。実際踏み倒す人いっぱいいるじゃないですか。それに踏み倒していいことになってるじゃないですか。

瀬戸内　いや、そんな堀江さんみたいな図々《ずうずう》しい人間ばかりいませんからね。なかなか踏み倒せないんじゃないの。ちっちゃな街だったら、いっそうどこの誰がってわかってるから。

＊1 **日本は自殺多い**
先進7ヵ国（参考国として韓国を加える）で、15～34歳の死因の第1位が「自殺」なのは日本（死亡率20%）と韓国（死亡率22・2%）。それ以外の仏独加米英伊の第1位は「事故」である。

堀江　小さな街で踏み倒せないんだったら、そこから出ていくなり。

瀬戸内　逃げたらいいのね。

堀江　別に逃げなくてもいいんじゃないですか？

瀬戸内　でも今は夜逃げしたって追っかけてくるでしょ？

堀江　いや、追っかけてこないでしょ。まあコストにもよりますけど。でも闇金から借りるとかはダメですよ。闇金とかでなければ別に追ってきませんよ。だから踏み倒せばいいんですよ、借金なんて。

瀬戸内　あなたは踏み倒したことないでしょ？

堀江　僕はないですよ。

瀬戸内　ないからそんなこと言えるのよ。

堀江　ないから言えるって話をしたら、何も始まらないですよ。全部体験してから話せ、ってことになっちゃうんで。

瀬戸内　でもなんか堀江さんはさ、なんでも体験してる感じがするじゃないの。

堀江　僕はね、申し訳ないんですけど、金勘定っていうか、そういうのは得意なんで、そうはならないですよね。けっこう一生懸命やるからかもしれないですけど。お金を借りたことはいっぱいありますけど、借りても返せるんです。

なに、そのちっちゃなプライド?

瀬戸内　自分で死にたいなんて思った瞬間はあった?

堀江　ないですね。どうもどういうシチュエーションで死にたくなるのかが僕にはわからない。だからそれはプライドの問題だと思うんですよ。金が返せなくなって借金取りに追われる自分がイヤだとか、家を失う自分がイヤだとか、家族が崩壊する自分がイヤだとか、そういうものだと思いますよ。実はそもそも僕は、別に自殺が悪いと思ってないんですよね。勝手に死にゃあいいじゃん、っていう。ベースとしてそこがあるんですよね。で、ほとんどの人たちはプライドの問題で死のうとするんで、「お前なに、そのちっちゃなプライド?」「そんなんで死んじゃうんだバーカ」って感じですよね。

瀬戸内　じゃあイジメられて死ぬ子どもたちは？

堀江　イジメられて、というのも僕はちっちゃなプライドだと思いますよ。

瀬戸内　そうかなあ。

堀江　イジメられることの一番の問題点っていうのは、「学校に行かないことが負け組だ」って、社会のその決めつけ。それがよくないんですよ。だから先生も「負けるな」って言うし、親も負け組だって思うし、周りの社会も負け組だって認めるし。そんな社会ですよね。五十人の学年だったら、不登校*2になるやつなんかひとりかふたりしか出てこないわけじゃないですか。だから負け組だ、と。僕たちは学校に行かない子どもは社会からドロップアウトしたダメなやつなんだっていうふうに思っちゃう。だからプライドがズタズタになって自殺みたいな話になっちゃうんだと思いますけど。別に行かなきゃいいんです、学校なんか。そうまでして別に行く必要ないですよ。

＊2 不登校
文部科学省の調査では、2014年度において国内における不登校の発生率は、中学校で2・76%、小学校で0・39%となっている。

＊3 横尾忠則
1936～。美術家、グラフィックデザイナー。数多くの美術作品、著作に加え、三島由紀夫との交流、『少年マガジン』の表紙、大島渚『新宿泥棒日記』主演、十代の富士の化粧まわし等々、数多くのポップな活動で耳目を集め続けるアーティスト。瀬戸内『奇縁まんだら』4作の装丁も手掛ける。

＊4 学校をやめさせて
『もう学校はおもしろくな

瀬戸内　[3]横尾忠則《よこおただのり》さんは、二人お子さんがあるけど、全くあなたの主義で、イジメられてるとわかったら、さっさと学校[4]をやめさせて他の学校に入れちゃった。学校で禁止していても子どもが好きと言うと、家中で西城秀樹《さいじょうひでき》のコンサートに行くというやり方でした。

堀江　話はそこだと思いますよ。学校っていうひとつの場所に閉じ込めて、狭いコミュニティの中で生活させることがよくないんですよ。

瀬戸内　そしたらどうする？　教育問題のほうを論じればいいのかな？

堀江　正にそうだと思います。完全にそうだと思いますよ。

瀬戸内　義務教育なんてのはいらないと思うの？

堀江　いらないと思いますよ。[5]別の機会にお話ししたいと思っていますが、あれって元々兵隊を作るための教育なんで。学校なんて別に今やいらないんじゃないですか。同じ学校にずっと通って集団生活を学ばせなければならないって、みんな当たり前のように言いますけど、じゃあ実社会で集団生活が必要な局面ってそんなにあるのか。集団生

い」とか、子どもがどうだこうだ言う。学校の先生からは、「ここのところ、ずうっと毎日来てませんよ」と言われる。（中略）そういうのはもう、聞くのが嫌じゃない？（中略）「そんなに嫌だったら学校をやめれば」って言って、子どもをふたりともやめさせたわけ。そこでぼくはその問題から回避できた。回避はできたけど、真っ正面から取り組んでない。（中略）取り組むのは、本人がやればいいわけでさ。（中略）親は真っ正面から取り組むチャンスを与えたんだよ》（『ほぼ日刊イトイ新聞』糸井重里との対談より／2002.4.8.）

＊5 別の機会にお話ししたいと
p219参照。

活をしてこなくても今立派に生きていってる人、いっぱいいますよね。僕、けっこう知り合いにそういう人が多いんですよ。不登校だった人とか。でもなんか今や普通に生活していますよ。

瀬戸内　しかし現実面で考えると、今の社会はやっぱり「学校はどこ卒業した」とか言うでしょ。試験を受けたり、いい会社勤めるにしたって、やっぱり学歴が問われるでしょ。結婚するときも「やっぱり高学歴が」なんて言われるじゃないの。私の場合はそんなのどうでもよかったけど。結婚するとき京大とか東大とか問題じゃなかったんですよ。だけど、全くそういうとこに行ってない人は、やっぱりコンプレックスが湧くんじゃないかしら、生きていく上で。

堀江　そう。だから結局プライドの問題なんですよ。そのちっぽけなプライドを捨てればいいのに。

瀬戸内　捨てるってことは、プライドがないってこと？　なくするってこと？

堀江　そうですよ。

瀬戸内　そうはいっても、でも人間はやっぱりプライドを背骨にして生きてるような気がするわ。全くプライドがないとはどういうことなのかな？

堀江　「自分に自信を持つ」ってことですよ。敢《あ》えてプライドを持つと言うならそういうプライドですよね。自分が自分を信じればいいわけじゃないですか。他人に信じてもらうっていうよりは、自分が自分を信じられる。他人の評価をあてにしなくて、自分が自信を持って評価を下していけばいいんですよ。そういう自信を持てなくなるのがよくないんじゃないですか？　たまたま借金をして返せなくなりました、だからおれは負け組だ、なんて思うんじゃなくて、たまたま運が悪かったなって思えばいいじゃないですか。ちょっと運悪かったな、次はうまくいくぜ、って。

瀬戸内　でも、そういうのでただ図々しくお金払わないのもいるでしょ？

堀江　まあ図々しく払わないのもいるんですけど、それと自殺は関係ないですよ。借金問題で自殺をする人でそういう人がいるのであれば、そういうふうに思えばいいってことを教えればいいんですよ。

瀬戸内　普通のいい人は、周りへの迷惑とかもいっぱい考えちゃう。

堀江　そう。周りへの迷惑考える人多いですよね。でも何なんだろうなあ？　周りへの迷惑って？

瀬戸内　私は自殺をする人っていうのは、ある種ノイローゼになってると思うの。正気だったらね、自分が自殺したら家族とか周りとかがどんなに困るかってこと思うでしょ。それだけでも私はできないような気がするんだけど。だからそういうことも考えられなくなって、自分の苦しさを紛らわすために自殺するっていう。じゃないかしら？

周りの目を必要以上に気にしている

堀江　瀬戸内さんも、死にたい人は死になさい、って思いますか？

瀬戸内　死を選びなさいとは言えないわよ、坊さんが（笑）。何か活路を見いだしなさい、って言いますよね。私はプライドを捨てなさいとまでは思わないけど、例えば「ホリエモンはそう言ってますよ、そういう考え方もありますよ」ってことは言えますわね。……でも、確かに「この人は死んだほうがいい」と思う人もいますよ。

堀江　（爆笑）。

瀬戸内　いろんな人がいますよ、ほんとに。若い女の子が「自殺したい」って荷物持って寂庵に泊めてくれって来ますし、奥さんが所帯道具ひと通り積んで家出したりしてきますよ。でも、若い子は警察に渡すの。だって危ないから。見てあげてください、うちでは見きれませんって。そうするとだいたい親がすぐに迎えに来る。奥さんのときは家に電話する。夫が「またか」って言いながら迎えに来たり。

堀江　錯乱してるっていうよりは、周りの目を必要以上に気にして、おかしくなってるって人が多いですよね、たぶん。

瀬戸内　まあだいたい生きるっていうことは、周りがなければ生きられないからね。自分ひとりじゃ生きられないでしょ。

堀江　自分ひとりじゃ生きられないんですけど、人の目ばっかり気にしてても生きられないんで。

瀬戸内　まあ私も気にしないほうだからね。気にしてたらこんな仕事できない。

堀江　なんかね、周りの評判をみんな気にするんですよ。必要以上に。それがさっぱり僕にはわからないですよね。世間体なんてクソ食らえですよね。

瀬戸内　なんか、ネットとかだと、私ら悪口いっぱい書かれてるんだってね。私は全く見ないから知らないの。

堀江　そう、見なきゃいいんですよ。

瀬戸内　見なきゃいいってみんな言うから、私は見ないの。見たら腹が立つでしょ、やっぱり（笑）。

堀江　いや、たくさん見てると慣れますよ。

瀬戸内　ああ。平気で見てる？

堀江　はい。アマゾンの書評欄とかを見てると腹立ってきますけど、まあ慣れます。悪口って、言ってる側は実はそんなに真剣に言ってないんですよね。

瀬戸内　世の中が自分のしたことを褒めてくれるなんてめったにないから。世に出ると必ず悪口言われますからね。私なんかさんざん悪口言われたから強いですよ。でもね、腹は立つよ。昔、とある批評家があんまりわからないこと書くからね、あなたは不能で女房は不感症だろって書いたんですよ。そしたらもっとひどい悪口言われた。それから五年干されちゃった。それでまた腹が立って、こんなにあなたが怒るのはね、私の想像が全部当たってるんだろ、ってまた書いてやったの（笑）。

堀江　でも世の中って、ほんといい加減ですよ。いい加減だし読解力ないし。そういうもんだと思いますよ。どうでもいいことにはみんな興味あるし。

瀬戸内　多くはただ流されていくのよね。最近のニュース見てても、そのとき、そのときだけなのね。

マスコミは「人殺し」をしてる

堀江　つくづく思うのですが、自殺って、煽《あお》っちゃいけないんですよ。煽らなきゃいいんです。逐一報道するからさらに自殺が増えるんですよ。

瀬戸内　そう。誰かが自殺して新聞出ると、増えるでしょ。必ず増えるの。三万人も死んでる[*6]から私も死んでいいと思うのかな。

堀江　マスコミは自分たちが人殺しをしてるってことを認識したほうがいいですよ。自殺を報道することで自殺を助長してることは間違いない。練炭自殺とか流行《はや》ったじゃないですか。あれマスコミが広めているんですよ。自殺の報道なんか止めるべきです。そもそもなんのためにしてるかわからない。自殺があることとこれだけ伝えて誰がトクするんですか？　誰がトクするかわからないニュースをあんなに流して。結局それを見て部数が売れるとか、視聴率が上がるみたいな、そうい

＊6 **三万人も死んでる**　ピークは2003年の3万4427人。2012年の自殺者数は2万7858人（男1万9273人、女8585人）。年齢階級別のワーストは55～64歳の4176人（2011年）、ついで45～54歳、35～44歳。20歳から39歳に亘る死因の1位は自殺である（同年）。

う下世話な考え方が底流にあるんでしょうね。多くの人たちにとっては、ああいつは死んだのか、でもおれは生きてる、くらいのレベルの。

瀬戸内　死んだらそれっきりよって教えなきゃ。死んだらまた生き返るなんてことはあり得ないのよ。再生するなんて言うけどそんなことないのよ、って。

堀江　だめですよ、仏教の坊さんが言うことじゃないですよ（笑）。

瀬戸内　でも私はそう言うの。死んだら極楽行けますか、地獄とかありますか？　って聞かれるから、死んでみないとわからないよ！　って私は言うの。私はなんでもだいたいのことはしたけどね、まだホリエモンのように獄に入ってないのね。それからまだ死んでないの。だからその二つは経験がないからはっきり言えない。お釈迦様*7がそうおっしゃったそうだけど、それから二千六百年も経ってるんだからね、やっぱり変わるんじゃないかしら、あの世だってさ。私はね、人間以外の何かに頼りたい、それで出家したんですよね。出家してみたらあ

＊7 **お釈迦様**
仏教の開祖。仏陀（ブッダ）とも。瀬戸内の小説に『釈迦』（新潮文庫）、エッセイに『いま、釈迦のことば』（朝日文庫）がある。

んまり大したことない。でも確かに楽になった。

堀江　人間以外にすがりたかったんですか？

瀬戸内　そう。人間があしなさいこうしなさい、なんて言うことはあまり信じなくなったから。なんか宇宙が、地球があってね、落っこちてないし、太陽も月もぶつからないしね。星座は星座でちゃんとあるじゃない。それは不思議だなあと思って。そういうものを司《つかさど》ってる何かがあると思ったのよ。

堀江　死にたいと思ったことは？

瀬戸内　ああ、ありますよ。

堀江　え、そうなんですか！

瀬戸内　家を出てね、とにかく作家になろうと思ったのに、やっぱり生活は惨めなんですよね。仕事勤めなきゃいけないし、安月給だし、面白くもないし。そのときちょっと人生早まったかな、もう死んでやろうかなあと思ったことはありますね。でもそのときやっぱり、死んだらそれっきりだからちょっともったいないと思って（笑）。

堀江　そうですよ。まあ生きてるだけで丸儲《まるもう》けですよ[*8]。生きてればなんとかなる。

瀬戸内　本当に貧乏で死ななきゃならないなんて、今の日本ではないわね。そんな貧乏はないですよ。食べられないなんてことはない。戦後しばらくは、みんな食べられなくて子どもなんかは育ちざかりに飢えて苦労しましたが。

堀江　まあそうですよね。ボロを着てますとか、風呂に入れないとか、そういう人は今はいないですよね。人間って、どんな人でも救ってくれる人いますよ。どんなダメなやつでも救ってくれます。で、そこそこダメな人くらいだと、かなり支持者がつきますよね。これ不思議な現象ですが。

瀬戸内　刑務所に入ったら絶対三食食べられるんだからね。

堀江　そう、それが基本的人権ですよ。近代国家はそこまで保障してますから。

瀬戸内　病気になったらちゃんと治そうとしてくれるし。

＊8 生きてるだけで丸儲け
タレント明石家さんまの言。

堀江　最低限の生活は保障されてますから、どうにでもなりますよ。だから会社辞めても死にはしない。いや逆に楽しく生きられるかも（笑）。

瀬戸内　刑務所に入ってる人、それが楽だからってわざわざ入ってる人いるでしょ。

堀江　うん、いる。僕は決して楽だとは思いませんけどね。

瀬戸内　だってそこにいたら食べられるんだもん。

堀江　いや実は食べられるよりも、僕、大事なところは違うと思います。そこじゃない。それは「人と話せること」だと思うんです。食べられることよりも話せるということのほうが人間には大事なんだと思う。歳とってくると多くの人たちは自分自身も硬直化していって、新しい人たちとの人間関係を作れなくなっちゃうんですよね。生活習慣が固定化し、自分の頭も固くなっちゃって、友達もだんだん少なくなってて、死んじゃったりしていなくなっちゃって。それで孤独になった人もいるんですよ。でもそういう人も刑務所に行くと一応話しかけてはもらえる。誰かと一緒にいられる。誰かと一緒にいられるっていうのは相当に大きいと思いますね。

瀬戸内　なるほど。ほんとに孤独になったら、あそこ行きなさい、って言えばいいね。なんか悪いこととして捕まって。

堀江　そういうのもお坊さんの発言としては（笑）。

努力はテクニック

堀江　ともかく、多くの場合、悩みはちっちゃいですよね。絶望するのが早すぎます。というかろくに努力もしないで。

瀬戸内　おかしいわね、堀江さんが「努力」なんてね。私が言うならわかるけど。

堀江　え、何がおかしいんですか？

瀬戸内　ちょっと似合わない。

堀江　みんな意外と努力ってできないんですってね。

瀬戸内　努力ができるのは性格よ。私なんかすごく努力してるんだけど、それをつらいと思ったことないもの。好きなのよ。そういう人いるのよ。

堀江　僕はね、テクニックだと思ってるんですよ。「ハマる」。[*9]ハマるテクニックというものがあると思うんですよ。ハマるようにするためにはどうしたらいいのか、っていう。

瀬戸内　そんなこと考えたことない。

堀江　僕はそういうことよく聞かれるんで、ずっと考えてるんです。例えばダイエットだったら、目に見えるようにやろうとか。三日で成果がわかるようなことをやらないと三日坊主になっちゃうんですよ。三日で三キロ痩《や》せたっていったら続けたくなるじゃないですか。僕、そういう方法を使ったんです。三日で体重がばーって減るダイエット方法があるんですよ。それでハマって。努力っていうのは技術でハマることができるということです。未経験の人がいきなりフルマラソンを走ろうと思ったら難しいですけど、一〇〇メートル走ろうと思った

＊9 ハマるテクニック
《勉強でも仕事でも、あるいはコンピュータのプログラミングでもそうだが、歯を食いしばって努力したところで大した成果は得られない。努力するのではなく、その作業に「ハマる」こと。なにもかも忘れるくらいに没頭すること。それさえできれば、その英単語の丸暗記だって楽しくなってくる。》（堀江『ゼロ』より）

ら誰でもできると思うんですよ。ゆっくりでいいし。そういう、まずは一〇〇メートルくらいの、一日とか二日でできるようなこと、うまくいくようなことをちょっとずつやっていくと、そのうち大きなゴールに到達するんじゃないか？　って思ったんです。異性とつきあうというのもそうじゃないですか。だいたい童貞とか処女の人って、理想がものすごく高いでしょう？　いきなりフルマラソン走らなきゃいけないと思ってるんだけど、とりあえずそのへんにいる一〇〇メートル走でいいじゃん、っていう（笑）。

瀬戸内　で、二〇〇メートルの人が現れたら、そっちに移るわけ？

堀江　そうです。とりあえず一〇〇メートル走で練習して、ちょっと二〇〇メートル、五〇〇メートル、そして一キロって、どんどん増やしていく。そりゃあいきなり行ける人もいますよ、ごくたまに。ごくごくたまにフルマラソン走れる人いますけど、まあ稀《まれ》ですよね。おすすめのやり方は慌てず、少しずつ。

瀬戸内　自分のこと、相当女に好かれるタイプって思ってるでしょ？

堀江　思ってないですよ！

瀬戸内　モテてると思うけどね。

堀江　いや、モテるっていうのは、自分のマインドなので。自分のマインドはいまだに〝非モテ〟なんですよね。だから女の子が来ても、「おかしいぞコレ」っていまだに思っちゃうんですよね。なんなんだコレ？　とか。でもとりあえずそれも積み上げですよ。モテも積み上げ。なんでも積み上げだと思いますよ。それ以外にないでしょう？　失敗することを恐れずに積み上げていくしかない。そしてその上で、時には「勝負に出る」ことも大事なんですよ。

先日も街の本屋さんでセミナーをやってたんですが、そしたらそういう質問がまた来ましたね。「無謀にも」とか言われちゃうんですよね。「無謀にもフジテレビを買収しようとした[*10]」とか。「あれで反省してないんですか？」とか言われて。してるわけねえだろ！　って。「いや、でも、あそこでそういうことやらなかったら、失敗しなかったんじゃないですか？」そりゃそうかもしれないけど、じゃあチャレ

＊10　**フジテレビを買収しようとした**　2005年2月、堀江率いるライブドアの子会社ライブドア・パートナーズがフジテレビの親会社であったニッポン放送株を取得、筆頭株主になったことから買い付けの動きが起こる。一般的に「敵対的買収事件」と呼ばれ、法律を超えた倫理・愛情などにも言及される異例の争いとなった。同年4月には和解。

ンジできるときにチャレンジしないって、どうなの？　って僕は言いました。十年経ったら誰でもできるかもしれないけど、今やれるのは僕だけなんだから、そういうチャンスが少しでもあるんだったらチャレンジすべきなんじゃないか、って。いや、もちろんはなから全くダメなことはやってもダメですよ。さきほどマラソンの例を出しましたが、実際に僕、十年くらい前に初めてフルマラソンを練習なしで走りました。一応最後まで走りきりましたし、まあそれはできると思ったからやったんですけど、普通はやらないほうがいいですよね。次の日、足の裏が腫《は》れちゃって。ホノルルマラソンだったんですけど、空港にタクシーかなんかで着いたんですけど、そこから歩けなかったですからね。真剣に車いすほしいって思いましたからね。

才能は自分の好きなことから

瀬戸内　でもね、いくら努力してもダメなことがあるんですよ。

堀江　あ、そりゃそうですよ。それはもちろんそうです。

瀬戸内　才能がなければダメなの、なんでもね。いい奥さんになろうと思っても、その才能がなければ家庭は守れない。作家もね、なりたいと思ってもそれは努力じゃないんですよ。才能。だからね、「ちょっと努力」したらいい。私はそう思っています。努力すればなんでもできるもんじゃないですよ。

堀江　間違いなく、それはそうですよ。

瀬戸内　だからって努力しないほうがいい、とは言わないよ。努力するうち、もしかしたら突然目ざめてくるかもしれないから、そうは言えない。そんなことわかってたら、人生こんなに続かないよ。それこそみんな生きるのめんどくさくなって死んでしまうんじゃない？　ただやっぱりね、何か成功するなら、一に才能、二に才能、三に才能、四に才能だと思いますよ。努力はその上、ちょっとする。才能がなかったら何もできない。それにちょっとした運ですよ。

堀江　けれど、みんな意外と才能、そこそこそれなりの分野にあると思いますよ。何かの才能はあるんじゃないですか？

瀬戸内　ある程度持ってるけど、それは普通のもの。普通はいくらやっても普通なのよ。

堀江　でもだからこそ、他人より努力しないとダメですよね。

瀬戸内　そう？　努力はしないでいいと思うけど。

堀江　そうですか？　僕は別に努力してもいいと思いますけど。しなきゃいけないとも思わないですけどね。

瀬戸内　私は努力なんかしなくてもいいと思うんだけど、私自身は本質的に努力が好きだからね、してるの。職人の娘だからね。職人ってのは常に努力してるんですよ。それが私の血の中にあるのね。するのが好きなの。無理にしてるんじゃない。

堀江　なるほど。

瀬戸内　自分になんの才能があるかを見つけるこつはあるのよ。簡単。それはね、好きなもの。人間って初めから好き嫌いがあるじゃないの。走るのは嫌いとか、数学が嫌いとか、だけど絵を描くのは好きとかね。

必ず誰だって子どものときから好きなものってあるんですよ。親や先生はそれを見つけて伸ばしてやることね。だから、ほかの成績は全部ダメだけど、絵を描かしたらクラスで一番うまいなんて子がいますよね。私は子どもの頃は、そういう子がうらやましかったのよ。何もできないんだけど、走らしたら一番とかいるじゃないですか。私、そういうのになりたかったのよ。自分はいつも優等生だったから。優等生とは何でも八十点以上とれる子ですよ。私はそれだったから自分がつまらなかった。だから、この仕事は自分にしかできないってものになりたかったの。だから作家を選んだ。

堀江　さっきの話に繋《つな》がりますが、子どもの教育、評価は平均点とか偏差値でしばられてますよね。

瀬戸内　つまらないわね。親の理想で、お前の従兄弟はあそこの大学に入ったからお前も入れとかね。あの大学でないといい会社に入れないから頑張れとかね。親の希望を押し付けてたらだめですよ。子どもは子どもの才能がちゃんとある。

堀江　子どもには、選択肢を与えること以外に親がやることはないですよ。あとは経済的にサポートするくらいで。

瀬戸内　好きなことをさせたらいいと思うね。親はお金だけ出して口を出すな。

堀江　僕もそう思いますね。学校なんて本人が行きたきゃ行きゃいいと思うし、行きたくないんだったら行かなきゃいいと思いますけど。

瀬戸内　堀江さんは人生で迷うこととかあった？

堀江　迷いはだんだんなくなってきましたね。

瀬戸内　それは歳をとったってこと。

堀江　（笑）。まあでも基本は迷わないほうだと思うなあ。他人と比べたことがないのでわからないですけど。普通は何に悩みます？　僕は結婚も悩まなかったし、大学決めるのも悩まないでしょ。離婚も悩まなかったですね。速攻でメール送ってましたね。もう勢いで決めますね。大学も別に、最後は仕事が忙しくて。そのままスルーしようと思ってたら、大学から自主退学扱いにしたほうがいいですよって言われて。えっそうなの？　めんどくせえなって。そのまま強制退学になる予定だったんですけど。

瀬戸内　私の親はとっても子どもを信じてくれた親だったと思う。守ってくれた。小学校のとき、担任の先生が産休で、臨時に来た先生から「綴《つづ》り方が上手すぎる。どっかの本から盗《と》ってきたんだろ」って言われたのね。悔しくて泣いて家に帰ったら、母がそれを聞いて怒ってね、割烹着《かっぽうぎ》つけたまま私の手を摑《つか》んで学校に走って来て、教員室で「どの先生!?」って私に聞く。あの先生って言ったら、駆けていって「この子は生まれつき、綴り方の才能があるんです。そんな人のもの盗るようなさもしいことしません！」って言ってくれた。そのとき「ああ、なかなかいい親だな」と思いましたね（笑）。

時間は有限ってことに気づこう

瀬戸内　堀江さんがよく受ける相談はなんですか？

堀江　メルマガだと《起業を考えていますが》[*11]かな。《起業準備中です》という人多いですね。何でも「準備」をしなきゃいけないと思い込んでますよね。あれ、何なんですかね？

瀬戸内　失敗が恐いんでしょう。

堀江　それはだって、ある程度の確率で何やっても失敗しますけど。

瀬戸内　何か事業しようと思ったら、まず資金でしょ。

堀江　そうですね。でも今は簡単に集められるんですよね、昔に比べると。

瀬戸内　あなたはそこが違うのよね。簡単に集められるっていうけど、普通は無理よ。

堀江　いやいやそんなことないですよ。今は昔ほど事業を始めるときに資金がいらないんです。昔は資金必要でしたよ。例えば電話がなかったら商売にならないじゃないですか。今はこんなスマホひとつでいいけど、昔は電話加入権だけで十万円近くとられましたよね。それだけでもすごいコスト。電話機一個くらい置かないと商売にならないだ

＊11 **起業を考えていますが**　例として《家を訪問してのパソコン講師を考えています》《タイカレー屋台をはじめる寸前の女子です》《既存の半額程度の料金での超格安宅配便を考えています》《日本に旅行する外国人向けに旅レシピのサービスを展開したいと考えています》《海外へ高級中古車の輸出代行をするビジネスを計画しています》《一人で独立なり起業をし、年収600万ほど稼げるようになりたいです。ソルジャー営業経験しかありません。どのような方法がありますでしょうか》など多数。

ろうし、それにファクスおいて、机買って、事務所借りてってやったら……事務所だって家賃十万はくだらないですよね。事務員も雇って。今は全部アウトソーシング[*12]でできますからね。昔に比べたら雲泥の差です。お金いらないです。

瀬戸内　ほんとかなあ？

堀江　そうですよ。いやそれにしても、起業とかで相談してくる人って、時間が有限であるってことに気づいてない人が多いですね。時間は限られてる、時間を無駄にしてるっていう感覚がないんでしょうか。

瀬戸内　そうね。私なんて、もうすぐ九十二歳でしょ。時間なんてないですよ、もう。

堀江　いや、だからすごいなあと思って。九十越えてるのに、今日なんて京都から東京に日帰り出張[*13]って、あり得ないですよね（笑）。僕でもしませんよ。

瀬戸内　まだ仕事してるなんてねえ。この歳ならみんな家で寝てますよね（笑）。私より二つ年上の阿川弘之《あがわひろゆき》[*14]さんだって、ついこの間まで

＊12 **アウトソーシング**　外部委託、社外調達。語源は「OUT（外部）」＋「SOURCING（活用）」。

＊13 **京都から東京に日帰り出張**　この日はこの対談のためだけに瀬戸内は京都―東京間を往復した。

＊14 **阿川弘之**　1920〜2015。小説家、評論家。「第三の新人」のひとり。代表作に『雲の墓標』『山本五十六』ほか多数。

あんなに元気だったのに、もう昼間も寝てるっていうし。*15佐和子《さわこ》さんが行くとね、「ビール持ってこい」なんて言うんだって。そんなことは言うけどね、私が「お互いいつ死ぬかわからないから、いっぺん会いに行ってもいい？ 会う？」なんて伝えてもらったのよ。そしたらね、「もうめんどくさい」って（笑）。

堀江　（笑）。

瀬戸内　堀江さんが今こういうときが満足、最高だっていうのは、どういう瞬間？

堀江　うーん……寝てるときとか。おいしいごはん食べたときとか。やっぱ、本能的な欲求が満たされたときがぶっちゃけ一番幸せですよ。ああうまいなこれ、って。そんな答えじゃ身もふたもないですか？ でも僕はほんとそうなんですよ、完全にそうなんです。毎日その瞬間がやってくるのが幸せでいいですね。

瀬戸内　なんか仕事で大儲けしたらうれしいとかは？

堀江　いや、そういうのあるかなあ？ 仕事だって思ってない部分も

＊15 佐和子さん
阿川佐和子。1953〜。阿川弘之の長女。エッセイスト、小説家、タレント。代表作に『ウメ子』『婚約のあとで』『聞く力』ほか多数。

あったりしますからね。日常と区別してないというか……。逆に寂聴さんの最高の瞬間はいつですか？

瀬戸内　そんなのもうないよ、九十二歳にもなったら。だいたい、あらゆること経験してるじゃないですか。喜ぶ経験もしてるじゃないですか。それ以上の喜びってもうないと思うわね。

堀江　小説を脱稿したときとかは？

瀬戸内　小説を書き終わったときはどんな短いものでも、それはもうなんとも言えないわね。バンザイって感じ。それがなければ九十二歳まで書かないでしょ。終わったとき。書き上げた瞬間ね。うわあ！って両手上げる感じ。昔は自分の本が出たとき、もううれしくてうれしくてしょうがなくて、本屋へ行って一生懸命自分のお金で買って歩いた（笑）。でも今はもうそんなのどうでもいいと思ってる。どうせ出版社が儲けるんだと思ってるからね（笑）。でも本を売るために「テレビに出てくれ」とかなんとか言われるんですよ。売れなかったら悪いなあと思うから出るの。それはもうしんどいね。アホらしいしね、どの番組でもおんなじこと言うの。私の歳になったらいつ死ぬかわからないでしょ。だからテレビ局では「今のうちに聞いておけ」ってスタンスで来るんですよ。そんなのもうわかってるんだから（笑）。

5　今って不景気？　好景気？

働くこと、辞めること、やり直すこと

瀬戸内　堀江さん、エッセイでお母さんが優しくなかった[*1]というようなこと書いてますけどね、赤ん坊から物心つくまでには絶対病気はするんですよ。どんなに丈夫でも怪我したり。そのときには親はなんかしてくれてるの。子どもは必ず麻疹《はしか》にかかるんです。そのとき親は看病してくれてるんですよ。それはわからないからね、子どもは覚えてないから。だから「何もしてくれない」なんて思ってるのよ。

堀江　いや、何もしてくれないとは言ってないですよ。そうじゃなくて、すごく厳しくて、自分からは何も言えないんですよ。

瀬戸内　甘えられない？

堀江　というよりは説明をしてくれないっていうか、例えば柔道の道場に連れていかれたんですけど、僕はイヤなんですよ。柔道なんてやりたくないのに無理矢理。でも口答えは許されないし行くしかない。なんのためにやってるんだかもよくわからないんだけど、とりあえずやれと。母はそういう説明というか、これはこうでねっていうのが苦手なんですよね。だから僕もその性格をそのまま受け継いだっていう

＊1お母さんが優しくなかった
《子どもらしい思い出に、母の姿はほとんどない。》《出てくる言葉は、いつも命令形。ほとんど銀行強盗のようなものだ。》《僕が一気にまくし立てると、理屈では勝てないと思ったのか、（中略）今度は両手で文化包丁を握りしめ、刃先をこちらに向けたまま「お前を殺して、わたしも死ぬ！」と鬼の形相で迫るのだ。》（『ゼロ』より）

か。子どもってそれぞれの家庭の中で育つんで、よその家庭のことって意外と知らないんですよね。自分のところでは当たり前だと思ってた、例えば親がお年玉をくれないこととか。友達に聞いたら「えっウチはもらってるよ」って言われて、え〜！　みたいなのとか（笑）。そういうことって子どもはけっこうあるじゃないですか。そういうふうに育つと、僕も他人に対してなになにをやりなさいって言うときに、そこで説明なんかいらないだろう、わかれよ、やれよ、って感じにずっとなっていたんですよ。でも途中で、頑張って言葉にして伝えないと相手には本当には伝わらないな、確かに人間って言葉でしかコミュニケーションができないから、っていうのは最近よくわかりました。

瀬戸内　最近!?（笑）

堀江　最近ですね。あっそういうことだったのかっていう。母というのが僕に輪をかけて口下手というか、自分の気持ちを相手に伝えられない人だったんです。けれど、彼女も最近変わりつつある。六十三歳で。

瀬戸内　素晴らしいことじゃない！　お母さんがそのお歳で変わるの。だけど堀江さんは自分の気持ちを人に伝えられるからここまで大きくなったんでしょ？　伝えられなかったら何もできてないでしょ？

堀江　いやいや、意外と伝えてなくて。わかってるやつだけついてこい。だからたくさん脱落していきましたよ。会社を辞めたやつ山ほどいますからね。こちらも、むしろ別にいいんじゃないのって。去る者は追わず。

瀬戸内　相手が頭が悪いってことなの？　想像力があれば、人はわかるわけでしょ。

堀江　いやいや、けっこうわかんないですよ。う〜ん……想像力って、期待しちゃダメだなって思いますね。わかんないですよ、絶対わかんないです。

瀬戸内　でも想像力がない人間と仲良くはなれないよ。だってね、くたびれてるわねえとか、寝てないのかなあとか、想像するじゃないですか。何か飲ませなきゃいけないかなあとかね。それがわかってくれなきゃ一緒には暮らせないわね。仕事も一緒にできないんじゃない？　それに人を好きになればね、ひとりでも好きになれば、だいたい心の動きはわかると思うんだけど。

ビジネスに人情は不要

瀬戸内　堀江さん、福岡県の八女《やめ》市[*2]出身ですよね。私行ったことあるけど、小さな静かな町なのね。そこですごい優等生だったと思うの。威張ってたと思うのよ。そうでしょ？　もう特別だったと思うの。

堀江　威張ってはいないと思うけど、勉強はできましたね。でも地味[*3]な町だったし、家にもこれっぽっちも文化的なものはなかったですね。インターネットに繋《つな》がってたら、僕の人生変わってただろうなと思いますね。今の子たちは本もインターネットもあって、本当にいいですね。ともかく家は全く本なんてなくって、あるのは『週刊実話』みたいなエロ本みたいなやつ。

＊2 **八女市**
福岡県南西部の市。八女茶、電照菊などが特産品。仏壇、提灯、石灯籠、和紙など伝統工芸品も多い。

＊3 **地味な町**
《住人のほとんどが一次産業に従事（中略）。当時は住宅もまばらで、友達の家まで遊びに行くにも、歩いて30分は覚悟しなければならなかった。文化的な香りなどあるはずもなく、ただただ肥料の匂いが漂う町だ。》（『ゼロ』より）

瀬戸内　ああ、本のあるなしは大きいわね。私の家も、職人のうちだから本なんかなかったんですよ。父親は大衆雑誌の『キング』[*4]とか買ってきたり。母親はちょっとおしゃれでいろんな雑誌買ってましたね。それを私が全部読んでたの。小さいときから図書館を利用すればいいってことも知ってましたよ。それから一緒のクラスに金貸しの孫がいたの。その金持ちの家に行ったら、あらゆる本があるんですよ。何々全集とか、子ども向けのも。だからその子と仲良くなって毎日行って読んでた。その子は読まないの。

堀江　地元の図書館には僕が知りたい知識の本はなかったんですよ。図書館って蔵書がちょっと古いじゃないですか。最新のテクノロジーのことか知りたかったたし、それはないし、周りにもそういうの教えてくれる大人いないし。そういう意味では僕にとってはつまらない場所でしたね。百科事典くらいしか面白いものなかったんですよ。

瀬戸内　へえ！　でも百科事典って面白いよねえ。字も難しいよねえ、漢字ばっかり多くて。

＊4『キング』
大日本雄弁会講談社（現講談社）から出された戦前戦後期の大衆娯楽雑誌。1924年創刊、1957年廃刊。《一家一冊》《面白くてためになる》《国民大衆雑誌》というキャッチフレーズで100万部突破を記録、近代日本で一番読まれた雑誌、と呼ばれる。

堀江　全部の章を見てたわけじゃないですよ。興味があったのは、歴史、地理、宇宙、医学といったところです。フィクションではなく。こないだ＊5池上彰《いけがみあきら》さんに怒られましたもんね。「君は小説を全然読んでないから、人の心の機微がわからなかったんだろう」って。いや別にわかりますけど。機微わかりますけど、僕はいまだにビジネスに人情とかを持ち込むべきではないと思ってる者なのでって答えました。それが気持ち悪くて。その「気持ち悪い」って感覚のほうが僕はまともだと思うんですよ。だけどみんなそれを普通にやっていて。なんていうのかな、みんな「情熱」みたいなのがほしいとかって思うんじゃないですか。「この人についていこう」みたいなものがほしい。「お前のことを信じてるからついてこい！」って言われたいんですよ、たぶん。

瀬戸内　日本はけっこう人情で動いてるから。

堀江　そうなんです。例えば、あるＩＴ系の会社の話なんですけど、Ａさんという人がいて今は重役なんですが、まあ僕の目から見て正直仕事ができるタイプじゃないんですよ。だけどものすごい人望がある。

＊5 **池上彰**
1950〜。ジャーナリスト。元NHK記者。ニュースのほか森羅万象をわかりやすく解説する技術・手法が人気を呼ぶ。

手柄を自分のものにしないとか、部下がやったことは部下の功績にして、自分が少し手伝ってても全部部下の手柄にして褒めてあげるといったことが得意な方なんですね。そしてもう一人、同じ会社にとても優秀なBさんという人がいて、その会社の利益をほとんど彼が作っていたというぐらいの時期があったくらいの人物で。その二人が、あるときとあるゲームを作ってどっちがヒットするのかという対決みたいなことをやらされたらしいんですよ。それで勝ったのはAさんのチームだったんです。結果としてAさんのほうが人望があって、でみんなはAさんを絶対勝たせようって感じで超頑張った。その結果としてヒット作が出たという話なんですけど、そういうところで人間が動いてたりするんで、なんだかなあ……っていうのが僕の中ではあるんですよ。そういうところで動いてるんだなあ、世の中ってと。

瀬戸内　けれど最近の堀江さんはちょっと変わったわね[*6]。ようやく「人」になってきた（笑）。

＊6 最近の堀江さんはちょっと変わった
《理詰めの言葉だけでは納得してもらえないし、あらぬ誤解を生んでしまう。そればかりか、ときには誰かを傷つけることだってある。僕の考えを理解してもらうためには、まず「堀江貴文という人間」を理解し、受け入れてもらわなければならない。》（『ゼロ』より）

家入一真、いい加減だけど……

瀬戸内　2014年の都知事選で、あなたが推していた若い人がいたわね。その人は優秀なの？　前途がある？

堀江　いや、いい加減なやつですね（笑）。*7家入一真《いえいりかずま》君っていうんですけど、僕と同郷、福岡県の出身で、中学校二年生くらいから引きこもり、高校中退して、そのあと家もお父さんが事故って仕事なくなって、家計も火の車みたいな状況で、でも何か自分でやれることを、っていうか自分も何やっていいのかわかってなかったんですけど、ちょうどインターネットが伸びてきた時期に、こういうのやったらいいんじゃないかみたいなことで小さく会社作った。そしたらそれがうまくいったんですよ。東京出てきて。僕もその頃に会ってるんですけど、当時は本当に引きこもりのちょっと太っててオタクっぽくて、なんか相手の目見てしゃべれないみたいなやつだったんです。そのあと上場

＊7家入一真
1978～。活動家。いじめが原因の引きこもり後、独学でプログラミングを習得、起業を決意。08年にはジャスダックへ最年少で上場。14年には東京都知事選に出馬。著書に『こんな僕でも社長になれた』『ぼくらの未来のつくりかた』など。

して億単位でキャッシュ入って、その後会社を売ったんですね。そのお金でキャバクラとかで月一千万マックス使ってたって言ってましたけど。お金使いまくって女の子と遊びまくって。十七万円のデリヘル呼んだって言ってましたからね。十七万円なのに全然大したことなくて怒ったとか（笑）。あとカフェ。おしゃれなカフェの経営者ってモテると思ったらしいんですよ。元モーニング娘。の加護《かご》[*8]ちゃんとつきあってたのもカフェやってる人で、カフェをやるとアイドルとつきあえるって思ったらしくて（笑）。十何店舗作ってほとんど失敗して、今二〜三店舗しか残ってないんですけど。それで株売ったお金、全部使い果たしたんですよ。

瀬戸内　政治家で成功する感じじゃないね、今の話聞いたら（笑）。

堀江　はい。金がない。都知事に立候補したんだけど、供託金[*9]ないんですって。じゃあ百万貸すわって出したんですけど。それすらないくらい金使いまくって。放蕩《ほうとう》の限りを尽くしたっていうんですかね。そのちょっと大変なときに結婚した奥さんとも別れ、それもまた批判さ

＊8 加護ちゃん
加護亜依。1988〜。女優、歌手。ユニット「モーニング娘。」の元メンバー。

＊9 供託金
都知事選は300万円。《日本の供託金の高さは異常だし、それによって若者が立候補するハードルが上がってしまっている。》（家入『ぼくらの未来のつくりかた』（双葉社）より）

れたりとかもしてる。糟糠《そうこう》の妻を捨てたみたいな感じになってて、それもまたウケるんですけど。まあ面白いやつなんですよ。すきだらけだし、男のルサンチマン[*10]みたいなものをすごく吐き出してる、激しく吐き出して今がある、みたいな。

瀬戸内　面白がって推薦したの？

堀江　いやいやいやいや。彼が言ってることはすごくいいんですよ。例えば引きこもり、彼は「居場所のある街を作りたい」って公約を出してるんですね。要は東京に出て来たはいいけど居場所がない人たち——歳とって、家族もいなくて、あるいは家族とトラブって、独りで寂しく生きてる人たちもいるし、出て来たばっかりで引きこもりで全然女の子としゃべれないって子もいるし、会社にいるんだけど仕事がなくてみたいな人もいるし——彼はそれを助ける活動、いや助けるってのとも違うんだけど、「Ｌｉｖｅｒｔｙ」っていう活動をやっているんですね。そのうちのひとつに〈リバ邸〉ってのがあって、シェアハウス兼住居、シェアハウス兼シェアオフィスみたいなのをやってるんで

＊10 **ルサンチマン**
社会的な弱者や被支配者による、支配者、権力者に対する憤り、憎悪、ねたみなどの感情のこと。ニーチェの用語から。

す。そこにそういう子たちが来るんですよ。共同生活をして、そこから実際に何社かできて。何億も投資してもらってる会社も出て来たりしてるんですよね。実際に彼はそういう活動をしてるんです。ほかにもそこから出て来たプロジェクトがいくつかあって、〈ＣＡＭＰＦＩＲＥ〉って、僕[*11]クラウドファンディングのサイトのアドバイザーをやってんですけど、それなんかも家入君が立ち上げたし。「Ｌｉｖｅｒｔｙ」からはいくつか事業が生まれてきてるんです。社会的な活動も含めて。

　彼自身はすごくだらしないやつだしダメなやつなんだけど、持っているコンセプトとか、すぐやる力、あっ面白いなと思ったら自分でプログラム書けるんですよ。周りにそういうやつらも集まってきてて、なにしろすきだらけなんでリーダーっぽくない。でもリーダーっていくつかの種類があって、僕みたいなタイプもあれば、彼みたいな情けないリーダーもありだと思うんですよ。中国の歴史で言えば[*12]劉邦《りゅうほう》タイプですよね。[*12]項羽《こうう》タイプじゃなくて。だって劉邦の伝記がもし本当

＊11 クラウドファンディング
一定のゴール（目的）のために、インターネットを通じ不特定多数の人から資金を集める行為、サービスのこと。大衆（CROWD）と資金調達（FUNDING）を組み合わせた造語。アメリカでは08年に創設の「Kickstarter」、日本では「ＣＡＭＰＦＩＲＥ」や「READYFOR?」など。

＊12 劉邦／項羽
劉邦は前漢の初代皇帝。高祖とも呼ばれる。項羽は項籍とも。秦末期の楚の武将。天下を劉邦と争う。

だとしたら、だらしない、どうしようもないやつじゃないですか。だけどどうしようもない人間的な魅力がすごくあって、周りに参謀が集まってきて、劉邦をなんとかしなきゃ、みたいな感じになっちゃう。まさにそういうタイプですよね。

瀬戸内　面白いけど、やっぱり選挙には通らないね（笑）。だけど、それを押し出したかったのね、こういう人間がいるってことを。

堀江　そうです。彼がひとつの誘い水になって、次の知事選に、じゃあ三十代とかの候補が出て来たっていいじゃないかと。だって家入君だってやれるんだから、俺たちだったらもっとできるぜってやつが出て来てもいいし。そういう状況・意識を作りたかったんですよね。

年寄りだけ相手の政治ではダメ

瀬戸内　少なくとも若い子たちが政治に興味を持ってくれたらいいねえ。

堀江　彼だったらみんなが相談に来れると思ったんです。[*13]舛添要一《ますぞえよういち》さんが仮に知事室開放しましたって言っても、やっぱり気軽に行けないですよね。寂聴さんが応援してらしたので悪いんですけど、[*14]細川《ほそかわ》護熙《もりひろ》さんがなってたとしてもちょっと恐いな、みたいな。怒られるんじゃないかとか思っちゃいますもん（笑）。

瀬戸内　細川さんは全くそうじゃないけどね。

堀江　そうなんですけど。やっぱりイメージの問題で。

瀬戸内　これからは[*15]じいさんばあさんだけ相手の政治ではダメなのよね。

堀江　選挙でも彼がやってる活動面白かったですよ。[*16]期日前投票祭りとか。みんなで期日前投票に行って写メ撮ろう、それをネットにアップしようっていう活動。そういう運動の甲斐《かい》もあったのかもしれないけど、期日前投票って前回の知事選の十倍くらいに増えてるんですね。選挙カーもネットで募金を募って集めて借りたんですよ。それで東京中まわってて。呼ばれたら行きますって。で今どこどこにいますって

*13 **舛添要一**
1948〜。政治学者、政治家。2014年、約211万票で第19代東京都知事に。

*14 **細川護熙**
1938〜。政治家、陶芸家。熊本県知事、日本新党代表、第79代内閣総理大臣を歴任後、2014年脱原発を強く訴えて都知事選に出馬、落選（約96万票。宇都宮健児に次ぐ3位の得票数）。

*15 **じいさんばあさんだけ相手の政治**
2014年都知事選の主要4候補の平均年齢は68歳。16人中最高齢はドクター・中松の85歳、最年少は家入候補の35歳。40代の候補はおらず、50代も2名のみ。

のを書いてたりとか。そういう運動をすることで、ああインターネットってこうやって便利に使えるんだなあってことが結果的に啓蒙《けいもう》されるということにもなったと思うし。ネット選挙の時代[*17]になりつつありますね。

瀬戸内　ああなるほど。それで若い人は支持したんだね。若い人には自分の味方って感じがするんでしょうね。政治っていうと、ほんと年寄りがやってると思って、見もしないでしょ。投票に行かない。行かないと自分がソンする、ひどいことになる、ってわかっていないのね。

堀江　そういう選択肢を作ってあげたかったんです。家入君だって、ゼロ円から始めたってことが大事で。僕らが金貸して供託金をなんとか出して、その後クラウドファンディングで集めて、選挙カー借りて、ポスター作って貼って、街頭演説して。渋谷駅前にも何百人って来て、応援団もどんどん出て来て。

瀬戸内　それはあなたがそばにいたからでしょ。

堀江　そうなんですけど、僕が応援すればそうやってできるってこと

＊16 **期日前投票**
投票日に行けない有権者が一定期間内に前もって投票することができる制度。年々利用率は高まる傾向にある。

＊17 **ネット選挙の時代**
《「（略）ネットの力を使って、自分たちで仕組みを作ってしまえ！」というのが、ぼくがチャレンジしたことのひとつだ。》《①選挙資金をクラウドファンディングで集める　②ネットを駆使して新しい選挙活動の可能性を追求する　③みんなから政策を集め、本当の民意を抽出する。》（『ぼくらの未来のつくりかた』より）

がわかれば、やりたいって思う人はもっと現れてきてもいいはずで、実際これからもっと出て来ると思いますよ。みんなやりもしないで言い訳するじゃないですか。金がないからできないとか、知名度がないからできないとか、いろんなこと言うんだけど、家入君だって何もないのにそれでもできたよ、ってことを示すのが大事なんですよ。

瀬戸内　たぶんそういうことだろうと思ってたのね、堀江さんが推したというのは。いいですね。[18]予想以上に票がたくさん入った。面白いよね。

堀江　前回の参議院選挙で[19]山本太郎《やまもとたろう》が当選したときに、[20]三宅洋平《みやけようへい》って候補がいたじゃないですか。彼の活動がすごいわけですよ。[21]彼の主張に対する賛否は別として、彼[22]「選挙フェス」ってのをやってたんですが、有効だと思いましたよ。自身がミュージシャンだから演説のときに音楽やれるんですよ。渋谷駅前でフェスやるぞ！　みたいな感じでワーッとやると、みんなもお祭りを求めてるからワーッと来る。すごい盛り上がって、それを各地でやってたもんだから、それで彼自身

＊18 **予想以上に票がたくさん入った**　都知事選での家入候補の得票数は、８万８９３６票、第５位。

＊19 **山本太郎**　１９７４〜。政治家、俳優。脱原発を訴え、２０１３年参院選に東京都選挙区から出馬、約67万票を獲得、４位で当選した。基本政策は「被曝させない」「ＴＰＰ入らない」「飢えさせない」。

＊20 **三宅洋平**　１９７８〜。音楽家、政治活動家。政治団体「日本アーティスト有意識者会議」代表。２０１３年参院選に緑の党から比例代表で出馬。約18万票を集めるも党が比例代表枠を確保できず落選。落選候補の中ではトップの得票数であった。

も十八万票くらい獲《と》ったんです。比例代表ということで当選できなかったんですけど。

瀬戸内　いやそれにしても、あなたが今も政治に興味があったんでびっくりしたんだけど。

堀江　あ、いえいえ。選挙ではほとんど何もしてないです。ただ友達を応援していただけで。

瀬戸内　ホリエモンさんは、獄中にいて、出たら何をしてやろうかって考えたときに、仕事のアイデアはいっぱい浮かんでたの？

堀江　そうですね。

瀬戸内　自分にひどいことしたやつを、またぱーっと儲《もう》けて見返してやろう、なんて気はなかった？

堀江　なかったですね。ない。

瀬戸内　自分の喜びのためだけに？

堀江　喜びっていうか、こういうふうな世の中にしたら面白いだろうなってことだけをやろうかなと思って。

＊21 彼の主張
三宅洋平の政策ビジョンは「①文化を最大の輸出品に！　②復興は補償から③除染から廃炉ビジネスへ④送電線から蓄電技術へ⑤消費増税より金融資産課税を　⑥大規模農業から家庭菜園へ　⑦官僚主権から住民主権へ　⑧破壊の公共事業から再生の公共事業へ⑨憲法9条を世界遺産に」（三宅洋平オフィシャルHPより）。

瀬戸内　それで、今もう、ほぼそれが始まってるわけですね？

堀江　そう、どんどんやることが増えてますけどね。

瀬戸内　そうするとやっぱり人もどんどん増えて、雇い始めてるわけ？

堀江　いや昔のようにひとつの会社でいろんな事業やろうってことはしないんですよ。組織を作っていくのがめんどくさい、そういう仕事ってつまんないんで、そういうことは誰かに任せようかなって。組織を運営していって、社員の悩みを聞いて、一緒に飲みに行って……とかめんどくせえなと思って。そういうのは社長を置いて、任せる。二十代とかのやる気があって、これから会社頑張ってやりたいんです、みたいな若い人に任せて、僕はもう高みの見物ですよ。

瀬戸内　会長？

堀江　会長とかでもないです。もうなんかただの株主で、アドバイザーみたいな感じでいて、メールとかＬＩＮＥとかで、こうしたほうがいいんじゃないの？　みたいな。

＊22 **選挙フェス**　２０１３年参院選における三宅の選挙活動の一環として行われたフェスティバル。《選挙をマツリゴトへ》をスローガンに、コンサート形式のパフォーマンスを加え、若者中心に耳目を集めた。選挙前日渋谷駅ハチ公前には数千人を超える傍聴者が集まったとされる。

瀬戸内　なんかおじいちゃんみたいじゃない。

堀江　ええ？　そうですか？　だって僕、ひとつのことだけやるのイヤですもん。

瀬戸内　じゃあ同時に十くらいやってるわけ？

堀江　いや、もっとですね。

瀬戸内　出て来てまだちょっとなのに、すごいね。頭がちゃんと働いているのね。私なんて三つくらい小説書くくらいでせいぜい。十はちょっと無理ね。

堀江　いや、でも寂聴さん、ピーク時は十くらい連載やってたじゃないですか。

瀬戸内　そうそう。いや、もっとかな（笑）。

堀江　だって僕、その頃の寂聴さんくらいの歳ですよ。僕も今連載けっこうやってますよ。連載も対談もけっこうな数こなしてるし、その合間に別の仕事をする。

瀬戸内　すごいよねえ、このごろどこ見たって出てるもの。

堀江　そりゃどれだけ露出するかですから。どれだけ露出するかで思想が力になるんで。事業立ち上げるときも、僕の宣伝力が問われてるというか、重宝されてる部分もあるわけだし、それは最大限使ってかなきゃと思いますから。今日もさっきライバル会社のこういう新しい企画が立ち上がったんですが、なんて相談を受けて、いやいや全然こんなの大したことないよと。ここは見てるとこが違うから、こういうふうにしたらいいんじゃないの、といった話を若い子たちにすると、みんなそのあとは頑張ってやるわけですよ。どんどん伸びる。

まずは現場でスキルを磨くこと

堀江　実のところ僕、ブラック企業[*23]ってあまり意味がわからないんですよね。今の若い人たちって、何がしたいのか言いたいのかよくわかんないんです。まあブラック企業らしきところで働いてて、労働時間大変なのに給料安くて、でも辞められません、みたいなところだろう

＊23 **ブラック企業**
過度の長時間労働など法令違反となるような劣悪な労働条件を従業員に課す企業の総称。サービス残業、休日出勤、強引な転勤や異動命令、パワハラ、セクハラ、早期退職の勧奨等々、雇い主側（資本家側）の強権濫用は社会問題化に。

けど。あるいは大勢採用されて、いっぱい辞めていく、どうやらひどい会社らしい、助けてほしい……ってところでしょうか。

瀬戸内　うちのスタッフなんか、寂庵で働いてて、休みもない、給料安くて、きっとブラック企業と思ってるのよ（笑）。

堀江　ベンチャー企業[*24]なんか、そういう定義で言うならば基本ブラック企業ですよね。少人数の会社とか。それで何か問題が起こったりすると必ず「ブラック企業だ」と言われちゃうんですよ。過労死しちゃったりとか。

瀬戸内　うちは元々職人の家。父親が親方で、弟子がいっぱい来て。弟子は無給でしたよ。もちろん、うちが食べさせてるの。ちっちゃいとき、小学校出てすぐにどこかの親が子どもを連れてくるのね。お父さんが亡くなったとかって。で、うちで寝泊まりして食べて、仕事を覚えて。休みは盆と正月だけ。二十一になったら——昔でいう成人ね——年《ねん》があけるという。それで軍隊に入るんですよ。そのときに卒業式みたいなのして、紋付と袴《はかま》作って、兄弟弟子たち集めてお祝いして

＊24 **ベンチャー企業**
旧来の大企業にはない独自の発想・技術で生み出される ビジネス、新しい市場のために発足した急成長の冒険的・挑戦的な企業のこと。

送り出すの。軍隊から帰ったらもう自由にして暖簾《のれん》分け。どうぞ自分でやりなさいっていうものだったね。だから、あれってある種のブラック企業だよね（笑）。

堀江　ですね。昔はだいたいそう。今で言ったらブラック企業だし、児童福祉法[*25]違反だし。本来少年とか少女に労働させせちゃいけなかったりするじゃないですか。そういうの考えたら、超ブラック企業ですよ。この感覚って全く人それぞれで、好きなことやってるのに働きすぎとかそういうこと言われたくないって人もいるし。例えば、ちょっと前でいうと太陽光パネルの営業とか。ちょうど自然エネルギーの補助金が出てて、いわゆる補助金バブルで、太陽光パネルを売る会社が今すごい、わりとヤンチャな人たちが入る会社ってそういうとこなんですよね。急成長したりとかしてるんですけど、でもそういうとこって入ってきてみんなすぐ辞めるんで、求人に対して多額の広告宣伝費を使ってるんですけど、まあつらいらしくて辞めてく。それでブラック企業だと言われたりとか。だけど、いわゆる、そういうとこでの仕事で

＊25 **児童福祉法**
48年、児童の健全な成長、福祉・生活の保障、増進、愛護を基本精神として作られた法律。

こそ身につく営業力みたいなのもあるんですよ。

瀬戸内　でも、うちの弟子たちは独立してからも死ぬまで親方の家に対して感謝を持ち続けていましたよ。営業職とはちょっと違うかもしれないけど、職人はそれでないと仕事が身につかないわよね。例えば京都の織物の会社なんかね、やっぱり徒弟制度[*26]でないと身につかないって。すぐに「日曜日は休めますか？」とか、「何時間働くんですか？」とかね。若い人がそこから入ってくるっていうの。そうすると、もう使う気がしないっていうのね。昔風に育ってる人は、そんなことで教えたって身につかない、って。それで西陣[*27]なんかだんだん仕事が下手になっていく。

堀江　現場でスキルを磨くってことですよね。例えば僕がやってたIT系の会社もそうなんですけど、プログラマーってずーっとやってるんですよ、夜中とかも。それに対して時給でずーっと払っていったら会社なんか全然成立しないですよ。でもそうやって時間をかけスキルを身につけていって初めてプロとして成長したっていえるわけで。あ

＊26 **徒弟制度**
ヨーロッパ中世の手工業ギルドにおいて行われた「親方・職人・徒弟」という三階層での技能教育システム。徒弟は衣食住は保証されるが賃金は支払われない。日本の年季奉公・丁稚などの制度もこれに当たる。

＊27 **西陣**
京都における高級絹織物西陣織の産地として、江戸時代より発展する。

る時期その会社に長くいて仕事にハマって、という時間の使い方ってのは僕は普通なんじゃないかと思うんです。実際ＩＴ企業なんかで働いてる若い子たちに聞くと、「会社は辞めるんだけど、別にブラックだとは思ってない」って言うんですよね。とあるネットの会社で働いてる友達の女の子がいて、「会社辞めるんです今度」「え～そうなんだぁ。君、すげえ働いてたよね」。夜十時越えても働いてたりとかして、大変なんですよ大変なんですよ、って言ってるから不満で辞めるのかなと思ったら、「いや三ヵ月くらいアメリカ行ってくるんで」みたいな感じでぴゅーって行って帰って来て、次の就職先も決まってて、「いやあなんか英語とかしゃべる外資系の会社で二年くらい働いてみたいなあと思ってたんですよね」とか言って。けっこうあっけらかんとしてるっていうか、そういう人もいます。

瀬戸内　一方で、その同じ会社を「ブラックだ」と思う人もいるってことね。

堀江　ブラック企業になっちゃってる、あるいはされちゃってる……

ブラック企業って言葉が生まれること自体、ある種一部の人たちが、仕事がつまんないって言うんですかね、仕事つまんないのを会社のせいにしてる、っていう気もしないでもないんですよね。だって営業で成績上げられないのに、金もらえるわけないじゃないですか。

瀬戸内　職人仕事はね、物を作っても誰かが売ってくれないと、よう売らないんですよね。そういう意味でやっぱりそれぞれの仕事の重さつらさはありましたよね。それから休みもなくて。盆暮れしか休みないんですよ。それで朝から働かされて。それでも寝泊まり一緒にしてるでしょ、そうすると私なんかね——親方の娘でしょ——もう身内みたいになるのね。職人っていう気がしなかったわね。出ていった人もね、親元に帰って来る感じでまた訪ねて来るんですよね。繋がりがあった。

イヤなら辞めるの一手

堀江　僕はもっと言うと、ブラック企業だって不満に思うんだったら辞めちまえばいいと思うんですよ。僕はいっつも辞めちまえ論を言ってるんですけど、でもそれに対して、常にすごい反発が来るんですよね。

瀬戸内　私も、イヤなら辞めろ、だわ。

堀江　いいよもう、働き先なんかいっぱいあるし。でもそういう人は「働き先はない」って言うんですよ。あるよ！　って。うちなんかロケットの技術者募集してるけど全然来ねえよ、って。来ないんですよ、みんな。中小企業には。僕だってIT企業作ったときとか、求人しても全然来なかったですよ。ひとりも来ない。そりゃ来ないです。従業員三人の、六本木の雑居ビルの一室でやってるような会社に、来ないですよ、人。優秀な人材なんか来っこないんですよ。

瀬戸内　だけど、堀江さんの会社でしょ？

堀江　堀江さんの会社ったって僕は当時全く無名ですから。その頃二十三歳ですから。二十三歳の若造が東大中退して作った、なんかようわからんインターネットなんてものをやってる会社に、誰も来ないですよ。でも人材ほしくてしょうがなくて。それだけのスキル持ってる人たちも世の中にはいっぱいいるのに、ひとりも来ない。

瀬戸内　最初はどうしたの？

堀江　最初は、東京大学の学生課にただでバイト募集の紙を貼って、東大の優秀な学生をバイトで使ってたんですけど。そのうちのひとりがうちの会社にハマって、学校やめて頑張りたいって言ったんですよ。すごい優秀なやつで「お前来たら売上げ一億円増えるわ。歓迎します」って応えたんです。でも彼が親に言ったところ大反対されて、会社に乗り込まれました。「うちの息子を灘《なだ》高から東大にやったのは、お前みたいなところのこんな腐った会社に入れるためじゃない！」みたいなこと言われて、うわ～めんどくせぇ、と思って放置しましたね。

瀬戸内　辞めた？

堀江　辞めました。そのときに入っておけば、ストックオプション[*28]五%くらいもらって何十億円になったんですけどね。それに彼にとってもキャリアもスキルもたぶんついたと思うんですけど。まあ別にしょうがねえな、と。

瀬戸内　そのときの東大生って、社長と年齢、ちょっとしか違わないじゃないですか。

堀江　そうですよ。彼二十歳くらいで、僕は二十三歳でしたから。今、三十八歳くらいじゃないですか。何やってるのかわかんないですけど。だから、要はみんな就職先がいっぱいあるにもかかわらず、行かないんですよ。えり好みして。完全にえり好みなんですよ。あんたはまだ若くて無名でなんのスキルもないんだから、とりあえず最初は修業しなきゃダメでしょって思う。修業しろよ！　と。でも、過労死するほどやることないからね、疲れたら疲れたって言って帰ればいいじゃん、っていうふうな。そこはそこですよね。けれどたぶん逆に変な責任感

*28 **ストックオプション**
役員・社員があらかじめ決められた価格で自社株式を購入できる権利。自社の株式上昇とともにモチベーションが上がるという経営効果がある。

があったりするんですよ、そういう人に限って。

派遣会社はクソだ

瀬戸内　今の働く子は、連帯とか団結しなくなったわね。

堀江　そもそも僕、労働組合ってものが、なんで世の中に存在してるのかがよくわからないんですよ。全くわからないんですよ。意味ないと思いますね。すごいヒマ人じゃないですか。すぐプロ市民化するし。*29

瀬戸内　労働組合の人が怒るだろうね、こんなこと言ったら。

堀江　全然いいですよ、別に怒ったっていいんですよ。僕はもうずっとそういうスタンスでやってきてんですから。いや、そもそも僕は経営者のモラルとして、不当に搾取をすること自体はいいことじゃないと思います。だからそこに気をつけてやっていけばなんで労働組合ができるような会社になってしまうのかってのがさっぱりよくわからないというか。そもそもそういう動きにならないですよね。

＊29プロ市民
一般的には市民を装って市民活動を行いつつも、実際にはそれによって利益を得るために行っている政治活動家を指す。単に活動に熱心な市民を指すときに批判的に使われる場合もあり、多義的な用語となっている。

瀬戸内　堀江さんが非常に成功して、成功って言葉でいいかどうかわからないけど、仕事がちゃんと軌道に乗ってたときに、雇ってる人たちから不満が出たり労働組合を作ろうなんて気配は全くなかった？

堀江　全くそういう雰囲気はないですよ。それはだって、うちなんて派遣すら雇ってないですからね。派遣会社なんか、もうクソだと思ってますから。不当搾取ですね。派遣労働ってのは完全にそうですもん。要は雇用の調整弁として景気悪くなったときに、雇用をカットするための仕組みじゃないですか。なんで存在してるのかなあ。普通に行きたい会社と個人が雇用契約を結べばいい話なのに。経営者としてみても、派遣会社ってけっこう高いって思いますし。会社は景気が悪くなっても業績が悪くならないようにすればいいんですよ。それがまさに経営者の務めじゃないですか。

瀬戸内　堀江さんの会社は、よそに比べて収入が多かったの？

堀江　いいえ。そうでもないですよ。そんなことないです。でもみんな仕事に充実感覚えてたと思うし、福利厚生も、家賃補助であったりとか――家賃半額負担してたんですね――育児休暇とか育児補助金みたいなのも出してたし。営業やってる女の子が結婚して子ども生まれて「託児所作ってくれ」とか言われたんですが、いやそんなに人数いないから託児所は作れないけど、託児所に預けるための費用を補助することはできますよって話をしたりとか。まともな提案、法外ではない提案には応えていましたよ。そういうことをちゃんとやっていけば、労働組合ができるわけないんですよ。だってそんなヒマなことやっててもなんの楽しいこともないですもん。ストックオプションとかも含めて、会社が成長することによって、あるいは会社の業績上がればもちろんボーナスも増えるし。業績連動型ボーナスだったんで。もちろん不当に搾取しようとしてる企業の姿勢ってのはよくないと思います。僕は業績が不振になって会社で人をクビにしたこと一回もないですからね。クビにしたケースってのは、唯一不正をやった場合、横領をやった場合のみですね。それ以外でクビにしたことないんで。だから、何？　労働組合って？　って話になる。団結して何すんの君たち、って。そこにエネルギーかけて、どうするの？　って。いや、全くわかりません。それはムダな戦いだと思いますよ。煽《あお》るやつにも要注意ですね。給料は少ないんですとか労働時間は長いんですとかって不平不満を吸収して、その人たちからお金徴収して、自分たちの活動費をつくるプロみたいな人たちがいっぱいいるから。いや、だから、ブラック企業批判ってのは僕は単なる甘えだと思いますけどね。イヤなら辞めりゃいいんだもん。繰り返しますが、辞められない時代ではないと思いますけどね、今は。

今の景気は「まだら」

瀬戸内　ところで、そもそも今は好景気なのか不景気なのか？　よくわからないんだけど教えてくださいな。

堀江　そんな話いきますか？　いいですよ。今が好景気か不景気かとかって、なんか昔に比べると僕はね——あくまでも僕の個人的な話ですよ——景気って気分次第だと思うんですよ。みんなが喜んで財布のひもをゆるめるみたいな状況が好景気なんで、そういう意味では、今は「まだら」ですね。個々人のマインドで違うんじゃないかなって思います。だんだん学習してきてるというか、景気の変動のサイクルが短くなってきてる気がするんですよ。前は時間的にゆっくりでゆるやかだった変化、上がり下がり、しだいにその間隔が短くなってきている状態ですね。変動幅が短くなりすぎると、景気不景気の境目がわかんなくなっちゃうっていうか。だから、まだら。リーマン・ショック[*30]が終わったと思ったら、なんか第三次ネットバブルみたいになってるでしょ？　今そうなんですよ、またすごく景気よくなってるんですよ。リーマン・ショックが二〇〇八年で、あれからまだ五年程度しか経ってないのに。短いんですよ、間隔が。

瀬戸内　不動産は上がったりしてるの？

堀江　上がってますね。上がってるし、ＩＴ企業の株価も上がってるし。その点では景気、めちゃくちゃいいですよ。

＊30 **リーマン・ショック**　2008年9月、米証券4位の投資銀行リーマン・ブラザーズが、バブル崩壊を契機に破産法の適用を申請して起こった世界的金融危機。

瀬戸内　だけど一方で祇園《ぎおん》なんかね、ちょうど一昨日行ったんですけど、もう客がいなくって、お茶屋[*31]、本当に不景気だって。昔は祇園に銀行が調べに行ってね、「あそこの社長このごろ来るかい」って。「いやここちょっと半年くらい見えませんね」ってなると、「ああ、あそこに金貸すのやめよう」って（笑）。「こっちの社長はどうだい？」「ええ、こちらさんは七十歳過ぎてまた舞妓《まいこ》ちゃんの水揚げしはりましたえ」「おお、その元気なら金貸そう」。そうやってお茶屋で調べてたのよ。祇園ってのは景気のバロメーターだったのね。

堀江　いやそれはもう景気どうこう以前に、今の祇園がマーケティングに完全に失敗してるだけですよ。

瀬戸内　とにかく今もう客がいないんだって。どこが景気がいいかわからんって怒ってた。

堀江　景気は全世界規模で考えないといけないですよね。例えばシンガポールのカジノに行ったらバーッと盛り上がってますし。例えばですよ。

＊31 お茶屋　主に京都の花街（祇園・先斗町など限られたエリア）で、芸妓・舞妓の芸やお座敷遊びなど楽しみながら飲食をする店。基本姿勢は「一見さんお断り」。

瀬戸内　暮れとかに家族がみんなで海外旅行するでしょ、あんなこと昔はできなかったもんね。やっぱりそんなことできるお金が一般にはあるのね。今だって。

堀江　だから使えるお金はあるんですよ。娯楽が多様化して、その中で祇園のお茶屋さんっていう、ある意味会員制のああいう仕組みを、もうちょっとたくさんの人たちがありがたがるような仕組みに変えるべきで。いや僕は、大衆化して会員制じゃなくすることが正解だとは思わないですけど、何か変えていかなきゃいけない部分はありますよね。僕だって、年間に祇園のお茶屋さん、何回くらい行くかなあ？　二〜三回は行きますよ。

瀬戸内　祇園って、ひとつのお茶屋に行ったら、もうそこしか行っちゃいけないのよね。

堀江　そうです。でも僕は会員じゃなく、人に連れられて行くんで……とはいえ基本は〈一力《いちりき》〉さんしか行かないですけどね。僕の周りの人がみんなそうなんで。あとは先斗町《ぽんとちょう》*32ではどこそことか。夏場の川

*32 **先斗町**
京都市中京区、鴨川と木屋町通の間にある花街。夏は鴨川沿いに納涼床も設けられ人気を呼ぶ。川沿いの〈先斗町歌舞練場〉も目を引く建物。

床の頃に行くわけですよ。＊33宮川町《みやがわちょう》だったらここととか。
瀬戸内　このごろ宮川町がすごいの。一番きれいな子がそろってるのよ。
堀江　ああそうなんですか。今祇園でお茶屋バー的な、置屋さんがバーをやったりしてますよね。あれはひとつの祇園のデフレの状態ですよね。
瀬戸内　それがないお茶屋は客が来ないの。
堀江　そうですよね。〈一力〉さんとか行ったあとにお茶屋のバーで飲んで、みたいな。アフターみたいな感じですかね。今はそんな業態ですよね。だからもっと世の中の変化に対応していって、格式は維持しながらも、本当だったらもっと外国人のお客さんとか、そこに対して営業していくみたいなことは必要なのかもしれないですよね。
瀬戸内　でも堀江さん、本当？　景気いいのかなあ？　仏壇屋ももう売れなくてね、私の里の仏具店なんかもう潰《つぶ》れかけてるわよ。だからやっぱり不景気不景気って言ってるところとね、そうでもないって言

＊33 **宮川町**
京都市東山区、宮川筋二丁目から六丁目まで。俗に16世紀出雲阿国《いずものおくに》の時代からといわれる歴史ある花街。4月の「京おどり」でも有名。

ってるところと、いろいろあるわね。

堀江　変わっていないところはきついですよね。仏壇だって、例えば*34毘沙門天《びしゃもんてん》のフィギュアとかすごい売れてるんで、そういう新しいところに造形の技術を使って進出してみるとか考えたほうがいいんじゃないですかね。売れてるんですよ、毘沙門天が動くみたいな、可動式のフィギュアみたいなの。いわゆる古い感じのままで、昔ながらの仏壇を家の中に置きますっていうのは、まあないですよね。そもそもそれを入れられる和室自体がないし。

瀬戸内　大事なのは、みんなが自分らはどこにいてどんな状況なのかを、いつだって謙虚にわかっておくことよね。

＊34 **毘沙門天のフィギュア**　海洋堂がリリースしている低価格可動フィギュアブランド「リボルテック」から発売。世界初の動く仏像フィギュアであり、その緻密さでも話題を呼ぶ。造形総指揮は竹谷隆之・山口隆。

特別編　原子力発電をめぐって「原発、この憂うべきもの」

瀬戸内　ホリエモンは原発を必要と思ってるでしょ？

堀江　必要というよりは、既にあるんで。

瀬戸内　使わなきゃ損だと思うわけ？

堀江　使わなきゃ損だというよりは、止めるとかって超非現実的だと思いますよ。危ないと思う。止めることのほうが危ない。

瀬戸内　でも、外国でも止める方向に行ってるところがあるじゃないですか。

堀江　ドイツくらいですね。ドイツって昔からそういう国ですよね。ただやっぱり中国とかインドとかが止めるかっていったら絶対止めない、止めさせられない。一番いいのは、もっと安全性の高い最新型のものにリプレイスしていくことだと思いますけどね。

瀬戸内　だって廃棄物を捨てる場所がない。それが一番困る。

堀江　でも、捨てる場所がないっていってても、廃棄物はもうありますからね。

瀬戸内　廃棄物は、モンゴルとか外国のどっかに置いてもらうなんてひどいアイデアまで出てましたね。恥ずかしくないのかしら。

堀江　今は原子力発電所の横のプールに保管していて、あと一部は青森県六ヶ所《ろっかしょ》村の最終施設に行ってますね。その状態です。どっちにしたって、まだまだ大量に残ってるわけですよ。今あるやつはどっかに置かなきゃいけないんですけど、どこも引き取ってくれないんです。六ヶ所村も、あそこは基本的に再処理を前提に作られてる施設なので、ここで再処理をしないんだったらどっか持ってってくれ、みたいな話なわけですよ。あれは、再処理施設が稼働することを前提にして地元の産業が潤うよね、っていうことで彼らは誘致をしたわけじゃないですか。危険性があるのは承知の上で。

瀬戸内　お金が入るからね。

堀江　その施設が稼働しなかったら、約束のお金が入ってこない。「それは困る」って話で、じゃどっか別のとこ持ってってくれって流れになっている。で、どっか別のとこ持ってっても、そのどっか別のところは「じゃあお金誰がくれるの？」みたいな話になる。電力会社だって、原発止めるってことになったら、全部減損《げんそん》処理してもう一銭も払わないですよ。必ずそうなる。あるいは払うにしてもけっこう払うの渋ると思いますよ。企業ってそういうものです。だからそのへんどうするのかなあ？　退却戦って一番難しいんですけど、いやあこれたぶん現実的に無理でしょう。その前に日本っていう国が、そもそも経常収支赤字になっちゃったでしょ？

瀬戸内　日本がなくなるんじゃないかと思うわね。

堀江　日本っていう国がね。それは可能性としてありますよね。今の国際収支って、貿易は赤字なんだけど、投資の収支が黒字なんですよね。資産を海外に投資して、その配当収入で黒字になってるんですけど。それもいつまで続くかわからないんで……ってなってくると、かなり大変ですよね。

瀬戸内　今だって借金すごいんでしょ？　日本の借金。

堀江　いやまあすごいんですけど、日本の借金はほとんど国内で消費されてるんで、円立ての借金なんで別にいいんですよ。払わなくなったら、まあ国債の大部分買ってるのは国内の金融機関なんで、めぐりめぐってそれはみなさんの預金なんですよね。なので、みなさんの預金の価値が半減するだけの話であって、別にそれを我慢するのであればそれはそれでいいんです。デフォルト＝債務不履行にはならない。でも生活水準は下がりますよね。

瀬戸内　いいじゃないの。いったん下がればいい。それと命とどちらが大事なの？　って問題ですよ。

堀江 いいのかなあ？ 原油とか天然ガスとか、ほとんど海外からの輸入に頼ってますよね。再稼働しないまま、そっちのエネルギー源が断たれると確実にいろんな生活が不自由になってインフレにもなるし、経済的に苦しくなります。昔に比べると周りの国々も生活水準が上がってきましたね。そうすると、例えば中国の北京のホワイトカラーの賃金ってのは、青森県のそれとそんなに変わらなくなってきてるんで、再び産業競争力って持ち始めてるんですよね。なので、日本側もせめてそこで、電力が高い状態じゃなくて安くなってないと競争なんてできないから。でも原発止めるっていうなら、これから電力料金はまだまだもっと上がりますよ。電力会社の経営が成り立たないから。今でも大変だって言ってるんですから。

瀬戸内 原発はでも決して安くないでしょ。一番コストがかかる、という計算があるじゃないの。

福島の事故は人災です

堀江　何十年に一回起こるかもという原発事故を恐れ、大災害となる可能性はあるって恐れて、すごくよくないのは、恐れるがゆえに原発の新設はダメだってなってる。でも最新型の原発って、例えばこないだの福島第一みたいな状態になっても安全に停止できるんですよね。電源なくなっても停止できるんですよ。

瀬戸内　そんなことといったって、今がちゃんとなってないじゃないですか。

堀江　今のはなってないから、だから止めて入れ替えるとかやりゃあいいんですけど、認めないでしょ。新設は認めないんで、今の古い設備をだましだまし使っていくしかないんですよ。だから古い施設を新しく更新することも認めないし、新設も認めないって話になったら、古いの続けるしかないじゃないですか。

瀬戸内　実際古いのを使い続けていたのよね。でもあの頃はこれほどの反対運動はなかったはずですよ。古いの知ってて、替えなかったんですからね。その責任は問われなきゃ。事故の五年前、二〇〇六年に衆議院で共産党の吉井《よしい》英勝《ひでかつ》議員が当時の安倍《あべ》首相にちゃんと質問していたんですよ。《冷却水が完全に沈黙した場合の復旧シナリオは考えてあるのか？》。それに対しての安倍さんの答えはこの繰り返しでしたよ、《そうならないよう万全を期しているところである》。「万全」が聞いて呆《あき》れるじゃありませんか。福島の事故は人災です。詳しく予見されてたんだから。起こるべくして起こったのよ。

堀江　そう。起こるべくして事故は起こったわけですね。

瀬戸内　それなのに、安倍さんも自民党も政府も責任とらないでしょ？　たまたま民主党のときに事故が起こったからラッキーとでも思っているのかしら。責任をとらないどころか、まだやるって言ってる。今でもなお避難している人たちがたくさんいるのに、何も変わっていないじゃない。それなのに「完全にブロック」なんて世界にウソをついてる。つまり、国は何かが起こっても何もしてくれない、ってことがわかったわよね。何もしてくれないのに、私たちが再び受け入れられるわけがないじゃないですか。あんな恐いものを。

堀江　恐いですよね。けれど、それを恐れて、どれも動かさないとする。じゃあ、一方で電力料金上がります。火力発電によって大気汚染は今より広がります。みんな節電だって言って夏に熱中症で死ぬ人増えます……とか。僕、結果として死ぬ人が増えるような気がするんですよね。経済が悪くなると、自殺者も増えるし。死亡率が増えるだけのような気がするんです。経済悪化はやっぱりみんなをダメにしていくんですよ。

瀬戸内　そうかなあ。私は先の「大飯《おおい》原発運転差止請求」の福井地裁の判決はもっともだと思いますよ。《原発の稼働は経済活動の自由に属し、憲法上は人格権の中核部分よりも劣位に置かれるべきだ》。その通りですよ。これ、お金より命だ、ってことね。

堀江　僕にはなんかあの判決、基礎的な経済の知識がないなあ、なんて思っちゃいましたが。なんかみなさんね、知識ないまま、再稼働は単に金勘定だ、経済、金儲けのことばかり言うな、なんて言うんですよ。みんな「貧しくても楽しい我が家」みたいに理想論を語るけれども、そんなわけないじゃないですか。みんな今、なんでこんな豊かに生きられてるかって、やっぱり稼ぐからでしょ？　日本は経済的に豊かだからみんなこれだけ豊かな生活がのんびり送れてきたわけであって。

瀬戸内　でもそれは長い間戦費にお金を使わなくてよかったから、ってことじゃないの？これからは戦費にもお金使いそうで、散々な国になりそうね。

堀江　戦争。まあ戦争もそうですけど、やっぱり経済発展したのが大きいんじゃないですか？

瀬戸内　みんな真面目に働いたのよ。

堀江 経済力がつくっていうのはすごく大事なことです。電力っていうのは産業競争力における非常に重要な部門なんですよ。

瀬戸内 今後、電気料金上がると思う？

堀江 いや上がってるじゃないですか、今も既に。やっぱり電力をたくさん使う企業は大変ですよ。もうみんなヒーヒー言ってますよ。で、消費税も増税されて。これで法人税率下がらないと大変なことになります。共産党なんて法人税率アップして消費税やめろ、ぐらいのこと言ってますけど。

瀬戸内 私にはそっちが真っ当に聞こえるわ。

堀江 まあだけど、貧しくなったら確実に死ぬ人は増えますよ。間違いないです。

瀬戸内 なんか、たいていのホリエモンの話はうん、って言うんだけど、これだけは私、うん、って言わないわ（笑）。

堀江 いや、いいんですよ、みなさんが、本当に貧しくても楽しい我が家みたいに思ってくれるんならいいですけど。みんなプライド高いでしょ。周りの人が家持ってたら家ほしくなるでしょ？ みんな卑しいんですよ。物欲とかがすごいんですよ。そんな人たちばっかりなんですよ。そんな人たちに「貧しくてもいいよね」とか「清貧」とかっていっくら説いても、無理ですよ。いやだおれたちは、って思いますって。
瀬戸内　でも、私は信じますよ。そうなっても人間は案外健全なもんだと思っていますよ。それにね、今度の事故被害みたいなのはもう起こらないとは言えないでしょ？
堀江　起こらないとは絶対言えないです。絶対起こります、逆に言うと。
瀬戸内　それが恐いんじゃないですか。
堀江　それは恐いけど、その確率を減らすことはできますよね。
瀬戸内　どうやって？
堀江　ですから、まず一番簡単なのは、最新型の原発に全部入れ替えるってこと。
瀬戸内　もう使えないようなのがいっぱいあるんでしょ。
堀江　使えないってことはないんですけど、自然災害が起きたりとかテロのときとかに、非常に不安ですよね。
瀬戸内　そうそう。テロとか、戦争のときも不安よね。私が相手国だったら、こんなに原発を抱えている国をやっつけるの、簡単だわ。
堀江　そうかもしれませんが、既にそういうものを抱えちゃってるんですから。ここをまず認めないと。止めたってあるんですから。だからこそ、それはまず最新型に置き換えるっていうことを本当はやらなきゃいけないんだけど、やれないでしょ。

瀬戸内　やらせられませんよ、それは。やればやるだけもっと核廃棄物は増えていくんだから。未来へのつけにしちゃうってことなんだからね。もう一回日本でなんかあったら滅びますよ。そもそもね、日本は広島・長崎で被爆しているのよ。世界で唯一の被爆国がなぜこんな選択をしているのかしら？　なんにも学習していないの？　百歩譲って、再稼働させるというのなら、まず今の事故を収束させて、被害者に補償をして、福島を元に戻してから言いなさい、って思いますよ。

原発技術者がいなくなると……

堀江　あともうひとつ問題があります。それは原発技術者の養成なんですよ。今や誰も、自分の息子とか孫がね、原子力工学科に行きたいって言ったら、止めるでしょ？　「じゃあ誰が行くんですか？」ってことになる。そんなところにはつまりは食いつめ者が行くに決まってるんですよ。例えば経営コンサルタントの大前研一《おおまえけんいち》さんが行っていたマサチューセッツ工科大学の原子力工学科は、彼の頃は生徒が二〇〇人とか三〇〇人いたらしいんです。全世界から大前さんクラスの優秀な奴《やつ》らがどっと集まってきた人気学科だった。今は十人ちょっとしかいないそうです。で、学生は全員中国系とアフリカ系。そういう状況で「大丈夫？」って僕は思うわけですよ。食いつめ者の優秀な人が来てくれるぶんにはまだいいんだけど、そのうち食いつめ者の優秀じゃない人たちが行くわけです。そしたら、そんな人たちに原発任せてて大丈夫？　って、僕はそこが一番不安なんだけど、これいくら訴えても届きませんね。「いや世の中には使命感に燃えてる優秀な人たちはいるんだから」って言われます。それって楽観的にすぎませんかね？　それこそ無責任な発言だと僕なんかは思いますね。

瀬戸内　それはそうだね。人はお金になるから行くんですよ。ボランティアではだめよ。

堀江　ね、そうですよね。お金になるし、まあモテるからとか。学生なんてガキなんだから、そんな高尚な目的で行く人なんて、もちろんいないとは言わないけど、まあ現世利益ですよ、みなさん。廃炉にするのにわざわざ若い子たちがこれから技術を学んでいくわけがない。もちろんメインストリームの原子力技術がどんどんイノベーションが進んでいったら、廃炉にする技術も必要になっていくので、それを学ぶ人たちっていうのは増えてくると思いますけど、その肝心の原子力発電所の技術がこれ以上進まないって話になると、誰もそこに向かわないですよ。技術的な興味で動くんで、彼らは。

瀬戸内　原発をなくす大前提だとやらない？

堀江　モチベーションは明らかに下がりますよね。だって、なくなっていく産業なので。まあ普通の工業製品のようにただ新しい技術が必要なくて、既存の技術で粛々とやっていけるのならば、大したテクニックもいらないし、そんなに危なくないでしょうからなんの問題もないと思いますけど、あんなに危ないものを、そういう人たちが処理していいのか？　って。大丈夫かって。ともかく若者は今、原子力工学科に行ったらモテない。やっぱり誰が行くんだ、って思います。僕らの時代からそうですから。僕が学生だった頃も、チェルノブイリの直後だったから、めちゃくちゃ人気なかったんですよ。直後というか、五年後くらいだったんで。もう一番人気ないときですよ。そのあと実はちょっとまたよくなってきてたんですよ、あのフクイチ事故の前までは。人材のレベルが上がってきてたんですよ。東芝がウェスティングハウス買収したりとかしてたから。日本の原子力工学界は盛り上がりつつあったんですが、あれでまた全部ダメになっちゃった。

瀬戸内　若い人たちの育成はね、だから今こそ官民一体となって、取り組めばいいじゃない。技術者を手厚く迎えればいいじゃない。廃炉処理なんかもとても儲かるようにしたらいいじゃないの。ちゃんとたくさんお金を払ってあげて。撤廃のための国のヒーローとして迎えればいいじゃない。

堀江　それはあまりリアリティを感じませんね。今の政府の姿勢はそんな状態にありませんし。やっぱり今、現状どうなんだ、っていう。

瀬戸内　現状、ひどいわよね。心あるデモを「テロ行為」とか「恥ずかしい大人」って言うわ、イタリアの脱原発の国民投票を「集団ヒステリー状態」と言うわ、「最後は金目」とも……それが今の政府ね。

堀江　なんですよ。現状はそうなんです。そして原発、やる気満々です。

瀬戸内　でもあの事故で私たちは目が覚めたわ。どんな恐ろしい島の上に私たちが生きているのか、っていうことを私も知りましたよ。私たちのその島の上に五十三基ですよ。

堀江　はい。恐ろしいですよね。僕もそう思いますよ。まあ今の状況っていうのは非常に恐ろしい。同感です。みなさんが思ってる以上に恐ろしい。さらに今すごく事故が起こりやすくなってますよ。今何が問題かって、原発が稼働してないからみんな安全だと思い込んでるわけですよ。そんなわけないだろ！　って。原子力発電所の建屋の横にはプールがあって、そのプールにまだ少しずつ熱を出し続けている使用済み核燃料が保管されてるんですよ。これ、めちゃくちゃ危ないんですよってみんな思ってるけど、全く違うのよね。

瀬戸内　そうよね。稼働してないと安全ってみんな思ってるけど、全く違うのよね。

堀江　だから僕が言いたいのは、現実的な話なんですよ。むしろ稼働させて、電力会社になんらかの収益を改善させる。稼働させると電力料金下げても電力会社の収益が改善するんで、その改善した収益で、まあ新しい原発を入れるなり、安全な再処理技術を施す。ベストが何かはわかりませんが、例えば今はプールに保管している使用済み核燃料は、「ドライキャスク」っていってプールじゃない乾燥した状態でも保管できる技術っていうのもあるんで、そういうのを研究、実用化するとか。そんなことをやっていかなきゃ、このままだと危ないと思いますよ。だって、使用済み核燃料のプールの水が抜けちゃったら、どうなるんでしょうか？

瀬戸内　けれどね、私はやっぱり正直「ないほうがいい」と思っているのよ。危ないことは起きるんだもの、あれは。人類が作っちゃったどうしようもないものなの。だから、私たちは私たちの世代の責任で、必死で、どんなに逆行してても命がけで止めなければいけないのよ。今の推進の人たちの考えは、今だけなの。今さえよければいい。明日のことは子どもに考えさせて、明後日のことは孫に考えさせて……って無責任な親のようなやり方をしていくと必ず人類は滅びます。

堀江　いや、ぶっちゃけ別に僕はあってもなくてもいいんですよ。ただ、今あるものなんで。全然ない状態で「作るな」っていうのは、それはそれでありな判断だと思いますよ。でも、あるんだから。

瀬戸内　あるものを安全に直すことはまたすごいお金がかかるでしょ？

堀江　そうなんですけど、そのあと安全になったら、また電力料金下げて儲かるような体制って作れるんで、僕はトータル的に得だと思うんですよ。

瀬戸内　やっぱりね、こればかりは賛成できないわね。私は誰かが言ってた「江戸時代に戻っていいのか？」って、そんなことにはならないと思うけど、戻るならそれでいいわ。みんなに覚悟しようよ、と言いたいわ。それこそが今まで見過ごしてきた全員の、未来の子たちへの責任の取り方だと思うから。

6 戦争、するの？　しないの？

もはや戦後ではない。戦前だ!?

瀬戸内　安倍総理は戦争がしたいんでしょ？

堀江　え？　いや、したくはないんじゃないですか？

瀬戸内　したそうに見える。

堀江　いやいや。それは言いすぎじゃないですか？　別にしたくはないでしょ。と僕は思いますけどね……さすがに。大変でしょう。

瀬戸内　だって安倍さんが言ってること、してること見てたら、いかにも戦争をこれからしよう！　って感じじゃないですか？　憲法も変えたがっているじゃない。解釈改憲[*1]までして。ものすごい卑怯《ひきょう》なやり方だと思いますよ。私は変えるのは反対です。憲法を変えるっていうのは、つまり戦争をしたいから変えようと思ってる。第9条を変えようとしてるってことは、戦争のできる国にしようと思ってるからだ、っていうふうに私は解釈してる。

堀江　戦争はないんじゃないですか。マッチョなふりをしなきゃいけないっていう、キャラ的に彼の場合はそういうのありますけどね。

瀬戸内　なんかね、今の時代の空気が戦前と同じ臭いなんですよ。本

＊1 **解釈改憲**
2014年安倍内閣の閣議決定によってなされた「集団的自衛権行使を可能とする」憲法9条の解釈変更など、条文解釈を改めることによって結果的に憲法改正がなされたことと同義とされること。国家の根幹をなす憲法が、時々の内閣によって解釈変遷がなされるのは問題とされ是非の論議が高まっている。

当に似てるんだもの。具体的には例えば特定秘密保護法[*2]なんて、あれは前の戦争のときとおんなじ感じですよね。そうしたらやっぱり言うこと書くこと、制限されますよ。こんな対談もできない。だいたい「秘密」なんて名前がついてるものにろくなもんはない。

堀江　特定秘密保護法に関して、僕、完全に理解してるわけじゃないんですよねえ。なんなんですかね、あれは。

瀬戸内　公務員対象で一般市民は関係ないって言ってるけど、そんなことない！　絶対そんなはずないよ。一般市民が、こうやって話をしてってもやがてやられる。引っ張っていかれるんだから。戦争のときはそうでしたよ。うっかりとものも言えなかった。だんだんそうなっていった。解釈だけ変えて。そして、何が秘密かはわからない。もう誰もわからなくなる。判断がグレーなものは危険です。

堀江　僕は、まず全体として規制強化に関しては反対なんですよ。その中で特定秘密保護法をもうけて、さらに厳しくするってことに関しては、もちろん反対は反対なんですけど。共謀罪[*3]とかでもなんでも、

＊2 **特定秘密保護法**
漏洩《ろうえい》すると国の安全保障に支障を与えるとされる情報を「特定秘密」とし、情報を漏らした者を調査・管理、時に処罰することのできる法律。２０１３年公布され、14年施行。

＊3 **共謀罪**
複数の人間が、犯罪にあたる行為を実行しようと話し合うと処罰対象とされる法律。実際の行為がなくても共謀段階で取り締まることが可能。未遂につき心の内部の問題なので、裁判所・検察・警察の解釈一つに委ねられる危険性を大いに秘めている。

まず新しい法律というものには反対です。ひとつ法律ができると、役所の課がひとつ増えるくらいの感じなので。それよりももっと規制緩和に向かうべきで。ああいうものが別にあったところで、じゃあ何かがよくなるわけでもないと思いますし。まあたぶんあれはウィキリークス[*4]とか、そのジュリアン・アサンジ[*5]とか、あとエドワード・スノーデン[*6]とか、あれらの問題もあるんでしょうね。国際協調的に、たぶんアメリカからも言われて。9・11以降、例えば空港のテロ対策がすごく厳しくなったりとかしてるのと同じ流れだと思いますけど。

瀬戸内　アメリカがそういうの作れって言ったと私も思うけど。

堀江　完全にアメリカがアメリカの影響だと思いますよ。アメリカに追随してるってことなんじゃないですか。単純にそれだけだと思いますけどね。そんな難しい話じゃなくて。

瀬戸内　仮に、だとしても、できた法律は一人歩きしますからね。権力の都合のいいほうに向かうもんですよ。戦前、体感的には昭和十六年くらいからね、だんだんとものが言えなくなってきた。我々一般庶

＊4ウィキリークス
2006年末に開始された、匿名による内部告発情報をインターネット上でリークするウェブサイトの一つ。隠蔽されやすい国家、企業、宗教などの内部情報を一般公開することが目的で、非営利のメディア組織が運営する。

＊5ジュリアン・アサンジ
1971〜。オーストラリアのジャーナリスト。ウィキリークスの編集長。プロクラマー、ハッカーを経て、活動家に。報道の自由を訴え、数々の情報公開で物議を醸す。2010年スウェーデンでの強姦容疑で、ロンドンにて逮捕されるが、本人は全否定。保釈後、エクアドル大使館に逃げ込み、亡命要請を行う。

民はそんなこと知らないから、普通にちゃらちゃらと生活してましたけど。庶民って常にそうなのよ。でもいつのまにか戦争の足音がどんどん——*7真珠湾《しんじゅわん》攻撃が十六年、一九四一年ですよね——法律も制度も変わって、例えば私たちの大学はそのとき繰り上げ卒業ってのさせられたの。昭和十九年三月卒業のはずが、半年早くなって十八年の九月にはみんな卒業となった。私たち女は徴兵されないけど、男の子たちはそのとき*8学徒出陣で、十月にはみんな戦場に連れていかれたんですよね。そのとき私はもう結婚して北京に行ってたから学徒の出征の行進はこの目では見てない。だけど、戦後にフィルムで見ました。もうかわいそうでほんとに涙が出て止まらなかったですよ。同い年ぐらいの優秀な男の子たちがほとんど殺されてるでしょ。ほんとにそれはもう考えられないくらい恐ろしいことですよ。今の若い人は、日頃ちゃらちゃらしているのはまあいいとして、戦争のニオイにだけはいつも敏感になっていなければいけませんよ。気がついたときには船に、飛行機に乗せられているんだから。ずっとそういう歴史だったじゃな

＊6 エドワード・スノーデン
1983〜。米国の情報工学者。中央情報局（CIA）、国家安全保障局（NSA）にて諜報活動に関わる。2013年NSAから持ち出した内部文書を暴露し、現在逃亡、亡命中。14年にはノーベル平和賞候補に推薦された。

＊7 真珠湾攻撃
1941年12月8日、ハワイ時間7日日曜日、日本海軍がハワイのオアフ島真珠湾軍港を奇襲。太平洋戦争勃発の発端となった。

＊8 学徒出陣
第二次大戦終盤において兵力不足を補う目的で20歳以上の学生を徴兵、出兵させた。

いの。庶民がやられる歴史だったじゃない。

若者だって戦争はしたくないはず

瀬戸内　これから戦争になる、今のままでいったら私はなるように思うわね。だって、今の政府はしようとしてるんだもの。安倍さん、おとなしい人だったのに。今じゃあ「イケイケドンドン」って感じでしょ。ああいう自信がどっから出てきたかわからない。そのうちこういう話もできなくなるのよ。その特定秘密保護法で。こういう話は絶対しちゃいけないの。どっかにマイクが隠してあって、ホリエモンなんかまた入らなきゃならない。

堀江　（笑）。戦前のニオイがする、というのは興味深いです。瀬戸内さんは、どのあたりから「おや、おかしい」って思い始めました？

瀬戸内　さかのぼれば二・二六事件[*9]が小学校三年生のときだったかな、昭和十一年。そのとき突然、女学校で朝、全校生徒が校庭に集められ

＊9二・二六事件
1936年2月26日、陸軍皇道派の青年将校らが起こしたクーデター未遂事件。高橋是清蔵相などが殺害、永田町一帯が占領されたが、29日鎮圧。

て、東京に大変な事件が起こったけれど、あなたたちはただいつも通り勉強してたらよろしい、なんて言われましたね。本当はもうその頃にはとうに火種が上がっていたのね。満州事変[*10]とかなんとかいろいろあって。その既成事実の連続、積み重ねでしたね。最初は一般の人は大して感じてないんですよ。のんきでね、生活に一生懸命でね。だけど、例えばあるとき「袖《そで》を切れ」とか言われる。

堀江　袖ですか？

瀬戸内　そう。私たちまだ着物着てたでしょ。女子大でもおしゃれな洋服とか長い袖の着物を着てた。昔は若い娘の着物は袖が長かったの。この袈裟《けさ》の倍くらいあるのね。それを短く切れって言う。派手だからだって。要するに生活すべてを質素にしなくちゃいけないってことね。あるいは、千人針[*11]というのがあった。女学校の入口に立って待てば女の子がどっと来るから全部いっぺんにできるじゃないですか。だから、針と糸を持ったおばさんたちがね、校門にばーっと並んでるんですよ。私たちは行ったらそれを全部ちくちくしなきゃならないわけね。日本[*12]

＊10 **満州事変**
1931年、中国の奉天（現在の瀋陽）郊外の柳条湖で、日本の関東軍が南満州鉄道の線路を爆破した事件を契機として始まった日本軍による侵略戦争。関東軍は満州全土を占領し「満州国」を樹立。日中戦争15年の端緒となり、また国際的な孤立を深めることになった。

＊11 **千人針**
戦時下、出征兵士の武運長久を祈り、1000人の女性が赤糸で一針ずつ縫い玉を縫いつけ送った布。

＊12 **日本はおまじないが多い**
「らっきょう・赤飯を食べれば」「金魚を拝めば」爆弾に当たらない、など。

はおまじないが多いの。

そんなことがあったのが昭和十三、十四年。そのうちに学校が「この授業はもうしないでいいからみんな集まれ」なんて。それで戦地の兵隊さんのチョッキ、真綿のチョッキを作らせられて。あとは「お弁当をもっと質素にしなければ、戦地の兵隊さんが苦労してるのに気の毒だ」なんて言われてね。おかずなしのお弁当というのが週一回あった。ごはんだけ、おかずなし。先生がちゃんとしてるか見廻《みまわ》りに来る。あとストッキングももったいないから「軍足をはけ」って言うんですよ。あるときから「戦地の兵隊」「戦地の兵隊さんのために」っていう言葉の繰り返しになっていました。《贅沢《ぜいたく》は敵だ》なんて戦争スローガン[*13]に取り囲まれて。

月に一回は城山に登って、兵隊さんのために祈ったりしました。毎朝朝礼がある。それがね、愛国行進曲[*14]だった。何もかも全部軍隊式にする。級長が大隊長とか中隊長とかになって。私は全校生徒の大隊長で、号令かけて、毎朝「起立！」とか「礼！」とか、もう完全に軍隊

＊13 **戦争スローガン**
ほかに《欲しがりません勝つまでは》《足りぬ足りぬは工夫が足りぬ》《進め一億火の玉だ》《屠《ほふ》れ米英われらの敵だ》など。

＊14 **愛国行進曲**
「見よ東海の空明けて」で始まる、戦時期の国民的愛唱歌。歌詞は一般公募によるもの。作曲は「軍艦行進曲」の瀬戸口藤吉。

化させられていた。朝礼に国旗掲揚があって。全く軍隊の真似ごとでした。それで二言目には「非常時」「非常時」って。私の世代は、物心ついたときから非常時ですよ。昭和の初めからそうでしょ。だから、非常時が常時だったね。

そして昭和十五年に女学校を卒業して、東京に出て、女子大に入った年の、その次の年が真珠湾。十二月でしょ。ちょうどそのときは学期末の試験、明日試験があるので寮で一生懸命試験勉強してた。廊下で誰かが、真珠湾がなんとか！　って叫びながら走っていく。その声にみんな部屋から出てね、「わーっ、勝った勝った！」って喜んでる。そのとき私が一番喜んだのは「明日試験がない！」ってこと（笑）。それでね、その日はもう勉強やめてグウスカ眠った。そして翌日になったら、試験はあったのよ（笑）。だからひどい点だった。そういう雰囲気でまだ切迫した感じではなかった。そのあとはリレーで水を運ぶ練習なんかをさせられてましたよ。空襲で火事になったとき、火を消すんだって（笑）。東京女子大だからわりあいとゆるやかだったわね。

堀江　なんで戦争しちゃったんですかね？

瀬戸内　それはもう、私たちには全くわからない。あのときの軍隊や政府に聞いてほしい。やっぱり、満州事変以来じゃない？　満州を自分のものにしたから、その勢いで中国もとれると思ったんじゃないですか？　太平洋側もあとに引けなくなったんじゃない？　理性なんてないの。だから恐いのよ。徴兵も始まるに違いないでしょ、今のままでいったら。今の若い人たちはそういうことを恐れてないのかしら？　なんにも考えてないのかしらね？　戦争で死んだ人たちの手記があるでしょ。そういうの読まないのかしら？　読んでても、作り事とか、物語のように思う？　マンガやゲームの中での世界？　だから、戦争したいくらいに思ってるのかと。

堀江　まあ、そうでしょうね。

瀬戸内　ちょっと鉄砲撃ってみたい、とか。

堀江　そうだと思いますよ。

瀬戸内　ゲームみたいに思ってる？　自分が殺されるってこと、それから人を殺すことがどんなに恐ろしいことかってのをあんまり考えないんじゃないですかね？

堀江　ですね。

瀬戸内　でも、戦争が始まったら、彼らがまず連れていかれるでしょ。

堀江　そうなんです。

瀬戸内　若い人に自覚を与えるにはどうすればいいの？　少なくとも、ある時期、学生が反抗したじゃないですか。*15安保闘争《あんぽ》のときも。今もう全く学生がなんにもしないじゃないですか。日本だけじゃない？　若い子がなんにもしないでニタニタしてるの。

堀江　一部、ＳＥＡＬＤｓなんてありますけどね。若い人だって、みんな戦争はしたくはないとは思うんですけど。

瀬戸内　私なんかは本当に戦争の生き残りで、この世代はひと握りだし、このまま死んでいったら楽なんですよ。だから今こんなことキーキー言うことないのね。だけど、このなんか恐い、今にも戦争が始ま

＊15 **安保闘争**
1959〜60年と70年の2度、与党自民党による日米安全保障条約の改定の強行採決に反対して展開された国民的運動。労働組合、市民団体、学生団体を巻き込んだ空前の政治闘争となった。

るかもしれないこの日本を残してね、やっぱり死ぬに死にきれないって思いがあるわね。子どもたちにこんな世の中残せる？　かわいそうじゃないの、若い人たちが。戦争っていうのは人を殺さなきゃならないでしょ。「人を殺せ」って言われることはイヤじゃない？　それがわかっているのかしら。

堀江　終戦なんて本当についこないだのことなのに。

瀬戸内　まあ人間ってのはね、忘れる能力があるからね、生きていかれるんだけれども。忘れちゃいけないことまで忘れちゃうから困るの（笑）。

堀江　忘れることはいいことだと思うんですけどね。

瀬戸内　そう。忘れなきゃ生きていられないよ。でも人類史って戦史なのよ。そのひどい歴史の繰り返しだってことは忘れてはいけないわね。

戦争はコストに合わない

堀江　僕は、日本は戦争はまずしないと思うのがひとつと、戦争が起こったら真っ先に逃げますよ。当たり前ですよ。

瀬戸内　どこに逃げられる？　逃げる場所がある？

堀江　逃げる場所あるでしょ。第三国に逃げればいいじゃないですか。

瀬戸内　世界のどっかに行く？

堀江　はい。

瀬戸内　でも、行かれない人はどうするのよ。

堀江　行かれない人はしょうがないんじゃないですか？

瀬戸内　しょうがない？　かわいそうじゃない。いいの、それは？

堀江　それはしょうがないですよ。でも戦争起きないと思いますよ。で、起こったら、僕は真っ先に逃げます。

瀬戸内　ない？　徴兵制[*16]は？

＊16 **徴兵制**
国家が国民に兵役義務を課して強制的に軍隊に入隊させる制度。志願兵制度の対義語。日本では１８７３年発布の徴兵令に始まり、終戦時に廃止。現代においても、青少年の無気力、モラル低下を憂いて鍛錬の場としての徴兵を提唱する一部政治家・指導者が現れている。

堀江　徴兵制はないでしょう。

瀬戸内　なんで？　だって今のまんまで行ったら、戦争よ。安倍さんだったら徴兵制敷きそう。

堀江　いやあ、ないでしょ。それはないでしょ。そもそも人なんていらないですもん。人は高いんですよ。日本人って高いんで、コストが。

瀬戸内　じゃあ今の自衛隊で間に合うの？

堀江　むしろ自衛隊の人員を減らしていくと思います。

瀬戸内　ほんとぉ？

堀江　その方向性だと思いますよ。だって兵隊、コスト高いですもん。

瀬戸内　でも例えばね、とある優秀な子なんだけど、大学出て卒業して、いくら試験受けても就職ができなかったんだって。その子が悲観して、ついには自衛隊に行ったたって。即「明日から来い」って言われたのね。その子はすごく喜んで、ああやっと働けるとこがあったって親に報告した。そうしたら親がびっくりして私のとこに相談に来て、「どうしたらいいんでしょう？　自衛隊に行ったらそのうち戦場に連れていかれて殺される」って。そりゃどうだかわからないわよね。行ってみなきゃわからないけど、そういう親の気持ちはわかるわよね。一方で就職がずっとなくて、家に引きこもってたり鬱《うつ》病になったり、それと比べて自衛隊行ってまあ元気なのとどっちがいい？　なんてね、私その返事に困るのよ。それ、どっちがいい？　自衛隊は割合と簡単にとるらしいよ。

堀江　ああ、だけどもうこれからは兵隊として働く時代じゃなくなっていくと思いますよ。

瀬戸内　じゃあ戦争したら兵隊はどうなるの？　戦争しようとしてるんでしょ？

堀江　いや、しようとはしてないと思いますけど。戦争、コストが高いですもん。完全に経済の問題なんですよ、戦争って。もちろん一部宗教の問題もあるんだけど。どっちかっていうとコストの問題。

瀬戸内　そのコストを計算できない人たちじゃないの？　あの人たちは。

堀江　いや、コストで動きますよ。彼らができないんじゃなくて、経済的にそういうふうな状況になっていくんですよね。

瀬戸内　でも、アメリカの戦争屋とかに焚《た》きつけられて……。

堀江　それは確実に考え過ぎですよ。ちょっと陰謀論すぎ。武器を買わせるだけだったら、「戦争が起こるぞ起こるぞ」って言ってるだけでいいんですよ。既に日本は十分武器買ってますよね。中国海軍が勝手に空母を造りました。そしたらちょっとやっぱり日本も海上自衛隊と航空自衛隊も拡充しなきゃいけないいんじゃないかとか、陸上自衛隊に海兵隊みたいな揚陸《ようりく》作戦できるチームを作らなきゃいけないだとか、揚陸艦[*17]を買わなきゃいけないだとか、オスプレイ[*18]買わなきゃいけないだとか、そういう話でどんどんどんどん、やるぞやるぞ、って言ってたほうがいいんじゃないですか？

瀬戸内　実際オスプレイたくさん買ってる。

堀江　買ってますよねえ。十分日本は買ってます。しかし、戦争が起こると対中貿易とかって完全にしぼんじゃうんで、そりゃあ絶対ない

*17 **揚陸艦**
揚陸、すなわち陸に揚がる能力を持った軍艦のこと。

*18 **オスプレイ**
アメリカ軍の最新鋭輸送機の愛称。V－22。日本では12年岩国基地に12機が搬入され、危険性が高いとして各地で反対運動が起こっている。「オスプレイ」とはタカ科の猛禽類「ミサゴ」のこと。

ですよ。経済的結びつきが強すぎるんで。

瀬戸内　国内ではナショナリズム[19]が高揚していってるけど。

堀江　それはグローバル化に対するアンチなんですね。グローバル化によって貧しくなる人たちが抵抗してるにすぎないんで。そういうネトウヨ的な人たちもそうなんですけど、日本人であるってことだけが彼らのプライドの源泉なんですよね。だから「もう鎖国をしろ」とか「戦争しろ」とか言うのは、その人たちですよね。けれど、竹島《たけしま》[20]とか尖閣《せんかく》[21]って、ぶっちゃけ別にいらないじゃないですか。実質的に価値があるのかないのかって話ですよ。僕はないと思うんですよ。海底資源がどうのこうの言ってるけど、はっきり言ってそれもコスト合わないですよ。尖閣なんて、コスト合うならとうにみんな行ってますよ。

瀬戸内　過去の戦争は、コストが合うと錯覚したからしたわけ？

堀江　まあ勝ったらコスト合ったんじゃないでしょうか、わからないですけど。あとあんまり当時はそこまでのコスト意識みたいなのもなかったでしょうね。まだ近代になりきってなかったんでしょう。

*19 **ナショナリズム**
個人が国家に帰属していると感じ志向するイデオロギーや運動。国家主義・民族主義・国民主義などと訳される。民族独立の大きなモチベーションともなりうる一方で、先鋭化すると排外主義、国家主義となる危険性も併せ持つ。

*20 **竹島**
島根県・隠岐諸島の北西約157キロの日本海にあり、日韓がそれぞれ領有権を主張している島。

*21 **尖閣諸島**
東シナ海にある、魚釣島を中心とする群島。日本政府が1895年に閣議決定で領土に編入、沖縄県の一部とする一方で、台湾や中国も領有権を主張。

瀬戸内　でも今の政治家がそんなね、ホリエモンが言うように、「これはコストが合う、合わない」なんて考えてると思う？

堀江　いや、考えてるっていうより、経済というのは自律的に動いていくので。誰々が考えてるって種類のものじゃないんですよね。マーケットメカニズムって、アンコントローラブルなものですよ。みんなの気持ちとかで動いちゃうんで。ともかくただどっちにしても、例えば日本と中国が戦争して得する人なんかいないですよ。

瀬戸内　でも、北朝鮮だって何をするかわからないじゃないの、今のやり方見てたら。恐くない？　北朝鮮は。

堀江　いや、彼らは絶対やらないと思いますよ。「やるやる詐欺《さぎ》」ですよ。

瀬戸内　やりそうな顔してるけど、しない？

堀江　だって、彼ら、どう考えても勝てないですよ。崩壊しますよね、間違いなく。

瀬戸内　中国は助けない？

堀江　助けないでしょうね。本当の意味では。でもまあ確かに世界的には、まだあちこちに火種が残っていたりとかしてますね。今の旧ソ連の地域とかがそうですし。ウクライナでやってますね。ロシアってすごいですよね。

瀬戸内　いざとなったって、アメリカ、日本なんか助けませんよ。助けるはずないじゃないの。それこそコストの問題で。それにしても私、自衛隊を減らしていくっていうのは、今初めて聞いてびっくりしたわ。増やそうとしてるんだと思ってるから。いろんな法案がいとも簡単に通ってしまってきているし。イケイケドンドンなのだと。

堀江　僕が大学一年生のとき、ちょうどあの頃湾岸戦争で、文化人類学の*22船曳建夫《ふなびきたけお》さんという教授の講義を受けてけっこうびっくりしたんですね。彼は「イラク人とアメリカ人の値段は違うんだ」って。相当違うって。聞いて確かにそうだなって思いました。イラク人が何十人も死ぬわけです、アメリカ兵一人に対して。イラク人は安いんでどんどん人間を投入できるんだけど、でもやっぱり米兵が一人亡くなった

＊22 **船曳建夫**
1948〜。文化人類学者。現在東京大学名誉教授。ベストセラー『知の技法』シリーズの編者のひとりとしても知られる。

ときにかかる補償金とか、そういうの考えると、全然お得じゃないわけですよ。アメリカ人はそんなに投入できませんよ、と。それに彼らの安全を守るためのコストもすごくかかる。装備をすごく持っていってますよね。そういったことでコストカットが必須《ひっす》になるし、今も実際どんどん進んでいて、もはや無人機とかで偵察や攻撃をしたりとかしてるわけですよ。「ドローン」[*23]とか言って。

操縦をする側の彼らってほんとゲーム感覚で、会社に出社するみたいな感じ、家で家族と過ごして朝出社というように国防省に行って、そこでフライトシミュレーターみたいなゲームをしてるかのように、地球の裏側の人たちを攻撃したりしてるわけじゃないですか。だからなんかそれでＰＴＳＤ[*24]みたいになっちゃって、病んでいる人とかいるみたいですよ。要は現実に人を殺しているってことなのに、家に帰って普通に家族と過ごしているというギャップがすごく激しいっていう。でもまあそういう無人技術ってどんどん発達しているんです。例えば《クアッドコプター》[*25]とか。ドローンを自律的に軍隊にして攻撃する

＊23 ドローン
無人航空機のこと。ＵＡＶとも。

＊24 ＰＴＳＤ
心的外傷後ストレス障害。様々な外的な要因によって得たショック体験、強い精神的ストレスがダメージとなり、その後の生活、健康に支障をきたす精神疾患。

＊25 クアッドコプター
回転翼が4枚あるマルチコプター（ヘリコプター）。ちなみに3枚をトライ、6枚をヘキサ、8枚をオクトコプターと呼ぶ。カメラを搭載し空撮などにも使われる。

仕組みとかね。

あと昆虫。僕こないだゴキブリのサイボーグ[*26]を作ったんですよ。ゴキブリって、ｉＰｈｏｎｅでリモートコントロールできるんですね。サイボーグにした生きたゴキブリをコントロールする。ゴキブリの触覚って脳神経とダイレクトに繫《つな》がっていて、触覚に電極さしこんで、右の触覚を刺激すると左に回る。左の触覚を刺激すると右に曲がるんですけど。その仕組みでコントロールするというのをこないだやったんですけど、まあ動きましたよね。つまり虫とかで偵察したりとか、そういうのもできるってことですね。そういうような時代に来てるっていうことですよね。

瀬戸内　ああ！　すごいわね。

堀江　虫で偵察して、無人機で攻撃をするとか。

瀬戸内　でもですよ、殺すほうは直接手を下さないかもしれないけど、殺されるほうはやっぱり生身の人間、私たちですものね。たまったもんじゃありませんね。

＊26 **ゴキブリのサイボーグ**　〈RoboRoach〉。《オンラインで99・99ドルで買える、ゴキブリをサイボーグ化するキット。セットの内容は、電極と基板で構成されているだけのもの。アメリカ国内なら、別売りでゴキブリも購入可能だ。ゴキブリを氷水で冷やして麻酔。その後、アタッチメント、電極、ワイヤー、基板をつければ作業は完了。》（週アスPLUS「ホリエモンのコレいいかも！」より抜粋）

戦争はもう止められない

瀬戸内　実のところ私は戦争はもう止められないと思ってるの。あると思ってる。戦争とは止められないものだと。どうしようもないの。もちろん努力しても無駄とは思わないで、まあ生きてる間で反対反対って言ってるほうがいいんじゃないかとは思ってるけどね。このまんまで行ったら止められない。だから、それは若い人たちがもう暴動でも起こしたりすれば、ちょっと違うかもしれないけど、誰もそんなこと思ってないじゃないの。で、さらに堀江さんみたいな発言者が出てきたらしょうがないよ。戦争がないよ、なんて言うんだから、ああそうですか、って言うしかない。だって「ない」ってほうが説得力あるじゃない。私があるっていう説得力よりも強いじゃない。今、みんなその言葉ほしがっているわよ。けれどね、子どもがいたりするとね、やっぱり恐いと思うでしょ。その子にこんな日本は残していけないと思うでしょ。それだけ。この人はね、子どもがいても会いもしないような薄情な人だからね、子どものことなんか思ってない。だから戦争はない、なんて言ってられるんですよ。若い女と今つきあってるからね、その人にもし子どもができたら言うことが変わってくると思うわ。

堀江　そうですかね？

瀬戸内　変わると思うわ。かわいい子……男の子の双子でもできたらいいのよ（笑）。

堀江　（笑）。いやあ、僕変わんないと思いますけどねえ。

瀬戸内　はあ～。でも、とにかくそれをホリエモンが書いたらどう？『戦争は起きない』って本。売れるわよ～。

堀江　いや、いいですいいです。僕、あんまりそういうの書きたくないんです。興味がないんです。

瀬戸内　だってそれは人を救うことなんじゃない？　迷ってる人を救うことなんじゃないの。みんな恐がってるのよ、ほんとは。

堀江　恐がってる人って、そもそも僕の言うこと信じないと思いますよ（笑）。

瀬戸内　いや、あのね、やっぱり日本は英雄がいないのよ。一時期の＊27小田実《おだまこと》とかね、本当に英雄だった。私はああいう人がいると思うのよ。堀江さん、それになったらいいじゃない。なれると思うけど。こういうこと言っていったら。それは全然興味ない？

堀江　興味ないです。正直興味ないです。

瀬戸内　じゃあ今なにに興味ある？　何が生き甲斐《がい》なの？　何をしたいの？

堀江　今ですか？　いろいろ仕事したいですね。

瀬戸内　仕事っていうのは、儲かる仕事？

堀江　いや別に儲からなくてもいいんですけど、世の中を変えるような仕事です。

瀬戸内　国のためでもなんでもない？

堀江　いや、世の中が面白くなればいいなと思ってるんで。面白くしたい、です。

＊27 **小田実**　1932〜2007。作家・社会活動家。ベトナム反戦などで活躍。地元・兵庫で震災被災者の個人補償を求め運動。代表作は『何でも見てやろう』。日本国憲法第9条を守るために作られた「九条の会」呼びかけ人の一人。『小田実全集』電子書籍版67巻・オンデマンド版82巻が完結、発売中。

瀬戸内　面白くなるかしら、この世の中？

堀江　はい。

瀬戸内　何年くらい経ったら面白くなる？

堀江　いや、僕、今面白いです。

瀬戸内　あ、ほんと？　面白いって私が感じられる世の中だったら、もうちょっと長生きしてみようかな（笑）。

堀江　ぜひ。

瀬戸内　もう私は本当に死にたいの、つまらないから。つまらない。くだらない。ひどい。私は堀江さんと違って、戦争が起こると思ってるからね。もう見たくないと思う。あれを二度と見たくないの。でもいいわ。「戦争しない」っていう、こういうふうに堀江さんのように言い切れたらね、言い切る人が出てきたら、それは英雄ね。それはみんな喜ぶんじゃないかしら、枕を高くして寝られるんじゃないかしら。そしてね、そのときに、ばーっとやられるんですよ。

愛国心、ありますか？

瀬戸内　「愛国心」ってテーマも挙がっているわね。ある？

堀江　あるない以前に、愛国心っていう概念がよくわからないですよね。さっぱりわからないです。そもそも「国」っていうのは愛する対象なんですか？

瀬戸内　私の理想はね、日本とかアメリカとか韓国とか、国の境界がなくなればいいと思うのよ。そうすれば戦争は起こらないんじゃないかと思ってるんだけど。基本は家、自分の家族を愛するということよね。身内がいるから家庭を愛するって気持ちはわかるよ。でも私なんてあんまり実はそれがないから家を飛び出して勝手に一人になったんだけど。でも自分の血の繋がった者を愛するなんて、その感情はわかるわね。けれどこの人なんて子どもあっても知らん顔してるじゃないの。私もそうだからね（笑）。そういう人間にはね、たぶん愛国心なんかないと思う。希薄だと思うわ。

堀江　だんだん〝国〟っていう意識は希薄になってくると思いますよ。この概念自体は別に絶対的なものではないので。ただ今は〝国家〟っていうもの自体が人格を持っているかのように行動して、自分たちがなくならないようにするような動きをする。僕にはそれは意味不明なんですね。そもそも僕は国に対する帰属意識がないんです。どっちにしても国を愛する気持ちってのはさっぱりわからない。橋下徹《はしもととおる》さんにしても石原慎太郎《いしはらしんたろう》さんにしても、みんな愛国心とか君が代だとか強く言いますよね。僕自身はなんでそんなにそのことにこだわるのかな？って思っちゃいますけどね。

瀬戸内　自分の国だけ愛するっていうのは差別に繋がる気がします。地球に今、たまたま同じ時代に生きている人類すべてを愛せたらねえ。

堀江　愛国心には国歌だけでなく、国旗もセットですね。ただ、僕自身はグローバル化の波によって、国民国家って概念そのものが揺らぎ始めている、って思うんですよ。国家への帰属意識もだんだん失くなっていってるし。だってほら、友だちとソーシャルネットワークで、例えば中国人の友だちと繋がって、じゃあそいつ、仲いい友人がいたとしましょう。そいつと戦争するかっていったら、しないよねっていう。僕はソーシャルネットワーキングとか、言語の壁が取り払われたりすることっていうのは、むしろそういうものをどんどん融和させていくと思いますよ。まとめると、グローバル化が、国民国家でまとまらなきゃいけない理由をだんだん失くしてきてるのではないか、と思ってるんですよ。

瀬戸内　元々いつ頃から言い出したのかな？　国を愛するなんてことは。

堀江　そもそもフランス革命[*28]以前にはなかった概念なんですよ。国民国家と兵隊ってのはセットなんです。だってほら『レ・ミゼラブル』[*29]で最後に歌う歌、「民衆の歌」ですか、ピープルズ・ソングですよね。自由のために戦おう、って歌。国民主権国家が誕生した瞬間ってこれなんですよね。みんなで戦おうってこと。だから国民国家の成立と、

＊28 フランス革命
1789～99年にフランスで起きた、世界史上における代表的な市民革命。王政、封建主義といった旧体制の崩壊を導いた。「自由・平等・博愛」はそのスローガン。

＊29『レ・ミゼラブル』
1862年刊、フランスの文豪ビクトル・ユーゴーの長編小説。パンを盗んで囚われとなったジャン・バルジャンの生涯を描く。数々のドラマ、ミュージカル、舞台となっている。12年にはヒュー・ジャックマン主演で映画化。

国民皆兵ってのはセットなんですよ。ほら、「戦う者の声が聞こえるかい？」みたいなこと言ってるわけでしょ。これが『レミゼ』の最後の感動シーンなわけだけど、これまさに愛国心ってもの、それを歌にしたものです。知らず知らずのうちにそれが民衆にすりこまれていくんでしょうね。フランス国歌[*30]なんてまさにそう。国家ってのはそういうものなんですよ。「自由」と「戦う」ってことはセットだし、国民国家そのものの中に「戦争」は元々インストールされてる概念です。国民皆兵もそうなんです。一人一人に責任を負わせ、高揚させるその考えは当時はすごく画期的なことだったはずですよ。今やみんなフランス革命とかってあんまり意識してないんですけど。

瀬戸内　民衆は国を背負ってなかったのよね。

堀江　それ以前がどうなってたかっていうと、兵隊はみんな傭兵《ようへい》で、殿様というか城主、国王のものだったわけですね。城主と民衆ってのは、当時は距離があったんです。自分たちは守ってもらってるという意識もないし、帰属意識もすごく希薄だったわけですよ。自分たちの

＊30 **フランス国歌**
「ラ・マルセイエーズ」。フランス革命のときの行進歌。歌詞は「武器を取れ、市民らよ、隊列を組め、進もう進もう！」といった戦いの歌。ビートルズの「愛こそはすべて」のイントロにも使われている。

村はあるけど、その領主に対して忠誠を誓ってるのは、領主の部下たちだけ。その肝心の兵隊にしたってみんな傭兵だったんです。お金で雇われた人たちだった。日本だってそうですよ。封建時代というのは、基本的に農民は「関ヶ原やってるけどどっちが勝つんだろうな？」みたいな、関係ないな、と。あれですよ、『バガボンド』[*31]というマンガ。あれにたまに農民が出てくるんですけど、農民ってある意味すごく暴力的というか、関ヶ原で傷ついた兵隊を襲って武器とか金目のものを奪って逃げるみたいな。落ち武者狩りとかってよくあったじゃないですか。もしも帰属意識とかがあったらそういうことはあまりしないと思うんですよ。農民も武士も一般的には「ああ今度は徳川が勝ったか」みたいな日和見《ひよりみ》の人たち。じゃあそっちに媚《こび》を売っておこうか、くらいの感じ。それでしかないんですよね。一部の上級武士を除いては。

瀬戸内　日本は明治維新以降ですね。

堀江　そうですね。日本は維新のときにこの概念を全部輸入したんで

＊31 **『バガボンド』**
『モーニング』（講談社）で連載されている井上雄彦《たけひこ》のマンガ。原作は吉川英治『宮本武蔵』。16年2月現在、37巻まで刊行されている。

すね。あのときに教育制度も確立された。実はあれから変わっていないんです。明治時代から変わってないものの大きなひとつ。明治五年に学制[*32]が制定されて、全国の小学校ってみんなあの時期にできてるわけですけど。学校教育制度というものも結局兵隊を作るための教育なんですよ。日本としてまとまること。あの時代までは「日本人」って概念自体がなかったんで。

瀬戸内　なかったのよね。外国という意識がないんだものね。

堀江　そうです。フランス革命とかの考えをヨーロッパから輸入して、「国家」というものを作って、「日本人」っていう概念を作って、それを教育して国民皆兵にして。つまりやっぱり本来は国民皆兵が国民国家の基本なんですよね。だから国民国家がある限り戦争ってのはまあ不可分。

瀬戸内　日清戦争、日露戦争と続いてあったでしょ。それに勝ったから日本人が思い上がってきたのね。近代史は思い上がりの歴史ですよ。[*33]乃木希典《まれすけ》とか、海軍のほうでは[*34]東郷平八郎《とうごうへいはちろう》が「軍神」と持ち上げられ

＊32 **学制**
1872年、明治維新後に公布された教育法令。国民皆学を基本に、全国を大・中・小の3段階の学区に編成、大学・中学・小学校を設置し、文部省の中央集権的管理が目ざされ、現在に至る教育制度の根幹となった。

＊33 **乃木希典**
p92参照。

＊34 **東郷平八郎**
1848〜1934。軍人。階級は元帥海軍大将。日露戦争で連合艦隊を指揮、日本海海戦でロシア・バルチック艦隊を破り、勇名を馳せる。東郷神社は彼を祀ったもの。

たでしょ。苦戦だった２０３高地[*35]とかで、ついに勝ったからとっても偉い人になっちゃったんじゃないですか。そういうことを小学校でしっかり教えられましたよ。愛国心とか、忠義ってことを。「三国干渉」[*36]から「臥薪嘗胆《がしんしょうたん》」[*37]って言葉とか、中学校の試験に出たわね。でも普通の庶民はね、ロシアの人も中国の人も韓国の人も、本当に優しいのよ。そしていい人よ。道を聞いたら自分が連れてってくれるしね、お腹すいてるように見えたらウチで物を食べなって連れていくしね。どこへ行っても人間は基本はそうですよ。それが国家レベルになったら、もう違ってくるのね。戦争になったらしっかり敵になるのね。だからやっぱり今の状況は不思議なんです。退行してると思うのよ。敵を作って、増やしているんだもの。

私は一九四三年、二十一歳の春に結婚して、秋に戦時繰上げで大学卒業になって、北京に渡った[*38]のね。前にも少しお話ししましたが、その頃だってみんなにこにこ普通に暮らしてましたよ。「欲しがりません。勝つまでは」なんてくだらない言葉を二言目には言わされてたけ

＊35 **２０３高地**
中国北東部の遼東半島南端、旅順要塞の丘陵。日露戦争時、旅順港を奪い合う激戦となった。乃木希典指揮の軍は数ヵ月に及ぶ激闘の末、1904年に占領。

＊36 **三国干渉**
1895年、日清戦争後の下関条約による日本の遼東半島領有に反対する露・独・仏3国の干渉。

＊37 **臥薪嘗胆**
薪《たきぎ》の上に臥《ふ》し、苦い胆《きも》を嘗める。日清戦争後の三国干渉による悔しさ、反発のためのスローガンとなり、反露意識の拡大につながった。

＊38 **北京に渡った**
《東洋の真珠と呼ばれる北京の美しさが、一年中で最もきらめく輝きを放つのが

ど、着物の袖切って、のほほんと暮らしていました。だけどまあね、ろくでもなかったね。だから私はこんな面白くない日本にいたくないと思ったの。でも外国に行きたいといってもその頃の外国っていったら中国しか行かれるところはなかったのね。だから結婚相手が北京で働いてるってことで、これはしめたと思ってすぐ移ったの。

終戦は北京で迎えました。そのとき夫が「日本に帰りたくない」って言い出したんです。戦争に負けたからみんな集結所に入れられてね、そこから日本人はもう帰らざるを得なかったの。そのときに夫が、自分は中国が本当に好きだから、中国人になって中国の土に骨を埋めたいって言い出したんですよ。それ聞いて私、それもいいなあと思ってね、あんたがその気なら私も残りましょうって。本当に残ろうと思ったわね。街の片隅に隠れて一年くらいいたんですよ。そのときはたぶん愛国心なかったわね。本当に愛国心があったら日本に帰らなきゃ、帰りたいと思うでしょ。中国で中国人になってもいいと思ったんだもの。別に悪いと思わなかった。結局見つけられて無理矢理に帰された

秋だった。十月の半ば、生れてはじめて北京の空の下に降り立った時、私は吸いこまれるような空の碧さにまず目まいを覚えた。》瀬戸内『いずこより』（新潮文庫）

から戻ってきたんですけど。一番最後の船で帰りましたね。一九四六年七月ですね。

堀江　うーん、すごい話ですね。

瀬戸内　戦争が終わったときには「殺される」と思ったわよ。うちの家族はそれまで中国人とすごく仲良くしてましたけどね。だけど一般の日本人がいかに中国で威張って中国人をいじめてひどいことしてきたか自分の目で見てるでしょ。ましてや日本でだってひどいもんだったのよ。私が子どもの頃は、ほんとに日本人がね、日本にいた韓国人それから中国人をね、ほんとにいじめたの。それを目で見てるから、今まあ、あちらが怒ってもしかたないなあと思うところあるわね。元々向こうで働けない人たちがやってきたんですよ。密航したりとか。だからそんな素敵な人来てないですよ。だからよけいにいじめてたの、日本人みんなで。悲しいわね。見てるんだもの、私。だから「殺される」と思った。門を閉めてふるえていましたよ。赤ん坊を抱えていたでしょ。夫は北京で六月に召集されてどこの戦地にいるかわからない。

だからもう歩いて満州へ行こうかと思ったの。満州といってても広すぎてわからないのにね（笑）。それで、朝、そーっとドア開けて外を見てみたんですよね。そうすると胡同《フートン》といって路地ね、その向かいの塀に真っ赤な紙、ビラがばーっとたくさん貼ってあるんですよ。そこに上等の墨の字で黒々と《報仇以恩》[*39]って書いてあった。「仇に報いるに恩を以《もっ》てす」。ああもうこれは負けるの当然だと思った。こんな立派な精神の国と喧嘩《けんか》したら負けるなと思ったんですよ。で、北京では私は本当に何も中国人からひどいことをされなかった。いじめられたり、ひどい目にあったりはしなかった。その態度は立派でしたよ。

＊39 **報仇以恩**
蔣介石《しょうかいせき》のスローガン。現地日本人への復讐行動を禁じたもの。

7

国家権力に気をつけよう

軍部より恐いもの、それは「検察」

瀬戸内　マスコミはあてになりませんね。戦争のストッパーにはならない。太平洋戦争のときと今もそんなに変わらないんじゃないですか？

堀江　その通りですね。マスコミはそもそも事件がないと部数が増えないし、視聴率も上がらないんで、むしろ事件は歓迎する。

瀬戸内　堀江さんは刑務所ではどうしてましたか？　テレビとか新聞とか見られたの？

堀江　見られましたよ。むしろ積極的に[*1]テレビ、新聞を見てましたね。逆に言うとそれしかないですから。ネットとか繋《つな》がらないんで。

瀬戸内　でも、刑務所で見せられるのは時間があるでしょ？　一日中見られるわけじゃないでしょ？

堀江　はい。時間はもちろん短いですけど、別にその間に全部見られますよ。新聞も普通に読んでましたね。隅から隅まで。まあやっぱり紙面によって情報操作されたりとかはしてました。いや、だからそれでよくわかりますよ。わかりましたよ。みんな気にし過ぎなんだなあ

＊1テレビ、新聞を見てました
《スポーツ紙はスポニチ。14：45～の休憩時間に読んで、大島優子の話題に癒される。なんか、女の子の写真を見るとホッとするんだよね。》《自由時間。モノ書きはダメだけど、本や新聞は読める。日経を熟読。しかし、日経新聞は久しぶりに読んだのだが、どんどん日本ローカル紙化しているなぁ。世界的視野とかまるでない。》《9時ぐらいからTVでNHK連続ドラマ『おひさま』を観る。井上真央ちゃんカワイイな。（中略）昼はTVで『NHKのど自慢』。》etc.　堀江『刑務所なう。』（文藝春秋）より

と。それ僕の中でどんどん理論化していってるんですけど。世の中はただ〝雰囲気〟で動いてるなあとか。

瀬戸内　何？　雰囲気？

堀江　犯罪報道なんかまさにそう。例えば*2小沢《おざわ》一郎《いちろう》さんだって超悪いことしてるみたいにばーって書かれると、ああそうなのか、検察も捜査してるらしいし……みたいな話になる。するとそれだけで「犯罪者だ」って雰囲気作られるじゃないですか。*3鈴木《すずき》宗男《むねお》さんとかもそうだったじゃないですか。「ムネオハウス」なんて呼び名とか。叩《たた》かれて、公判も待たずに犯罪者扱いされて、顔写真も人相悪そうなカットを選ばれて。今は連写で撮れるんで、僕なんかも相当やられましたよ。バシャバシャって撮った連写の中で一番情けない顔とか悪い顔とか、そういうのを彼らは選んで載せるんですよ。カッコいい顔とか絶対載せない。だから僕なんか、実際に会ったほうがイメージいいって、あちこちで言われるわけですよ（笑）。写真だけじゃなくてムービーでもそうで、「堀江、テレビで見てるよりいい男だねえ」みたいなこと

＊2小沢一郎
1942～。政治家、衆議院議員、生活の党と山本太郎となかまたち代表。自由民主党、新生党、新進党、自由党、民主党、国民の生活が第一、日本未来の党と、過去の所属政党多数。09年、資金管理団体「陸山会」の政治収支報告書に虚偽記載があるとして告発されるも、12年無罪判決が確定する。その経緯は森ゆうこ『検察の罠　小沢一郎抹殺計画の真相』（日本文芸社）に詳しい。

言われたりして。そりゃあそうだよ、悪いイメージを植えつけさせるためにそういうものばっかり編集して報道するんだから、そりゃそうでしょうって。

瀬戸内　人に聞いた話だけど、どんなに世間的に偉い人でも、刑務所に入ったら素っ裸にされるってホント？

堀江　はい。拘置所に入った日に医務チェック[*4]受けました。素っ裸にされるのは別にどうでもいいんですけど（笑）。

瀬戸内　世間から偉いって言われる人は、そんな辱《はずかし》めにあったことないでしょ。それでまず、最初に裸にして誇りとかを奪うんだって。そんなことするかしら？　って思ったけど、やっぱりするのね。

堀江　でも僕は別にそんなの全然平気なんで。

瀬戸内　まあ、あなたは普通じゃないんでね。普通の人は恥ずかしいとか悔しいとか思うでしょ。

堀江　恥ずかしいですかね？　全然僕そんなこと思ってなかったですけどね。やれるもんならやってみろ、みたいな感じでしたけどね。

＊3 鈴木宗男
1948～。政治家。新党大地代表。やまりん事件ほか一連のいわゆる「鈴木宗男事件」で逮捕、収監された。田中真紀子議員との確執、辻元清美による《疑惑の総合商社》発言、北海道の通称ムネオハウス建設、親友松山千春との新党大地結成、長女鈴木貴子の繰り上げ当選など、話題も多い。

＊4 医務チェック
《まずはパンツ一丁にさせられて、チ●ポを上に挙げてタマのチェック。んで、パンツを膝まで下げてお尻の穴を見せる。「尻の穴は広げろ」と言われる。唇も開いて見せて、鼻の穴や耳の穴までチェックされる》（堀江『刑務所なう。』より）

瀬戸内　堀江さんは強いわ。

堀江　さて、ところで僕は、問題は軍隊でもマスコミでもなくって、ともかく検察だと、思ってるんですね。検察の組織って明治時代から変わってないんですよ。変わってるように見えたんですけど、戦前の治安維持法*5でいうと、特高《とっこう》*6警察ばかりが悪者扱いされてるというか。

瀬戸内　思想警察なのよね。今の秘密保護法も絶対にあれを連想させる。

堀江　でもトッコーってみんな恐れるけど、結局検察の手先でしかないんですよ。要は現場の部隊で。もちろん、暴力的だった、自白強要した、拷問したとかって話はあるし、恐いというのはわかるんですけど、戦後には彼らが悪用していた治安維持法もなくなり、特高警察自体も解体されたんです。だけど検察だけは残ったんですよ。結局一緒になってやってたのは検察ですからね。いろんな冤罪《えんざい》事件を起こした元凶です。大逆事件*7とか。

瀬戸内　そうね！

＊5 **治安維持法**
1925年制定。国体の変革などを目的とする運動、その結社の組織者と参加者を処罰する法律。当初は共産主義の活動の取り締まりが目的とされたが、国体護持の名のもとに宗教団体、反政府思想、自由言論の抑圧や弾圧の手段として利用された。

＊6 **特高**
1911年設置され、敗戦直後まで活動した社会運動、紛議、言論、思想取り締まりのための警察機構。特別高等警察。

堀江　[8]帝人事件とか。そういうものっていうのは全部検察が主導して罪を作り上げていくわけです。戦前はそれの手先が特高警察だっただけの話であって、実は検察が後ろで糸を引いていました。検察は組織的には元々[9]大審院《だいしんいん》検事局だったんですけど、それが戦後は法務省管轄になって、一応[10]三権分立に見えるような形にはなった。でも日本の検察が持っているものすごいパワーっていうのは結局戦後も全く解体されずに残ったんですよ。例えば「起訴《きそ》便宜《べんぎ》主義《しゅぎ》」というものですね。起訴・不起訴を、検察って自分で決めることができるんですよ。つまり、だからメインターゲットとなる人間がいるとするじゃないですか。そのメインターゲットをやるために、他の仲間たちに、お前は不起訴にしてやるからその代わり全部話せ、みたいな。検察官起訴独占主義なんで、検察官しか起訴ができないんですよね。今、ひとつだけ抜け道というか、違うルートができましたけど。検察審査会っていうのができて、検察官が不起訴にした案件で、まあ裁判員みたいな制度なんですけど、二回連続でそこで起訴相当議決が出ると起訴できるように

＊7 **大逆事件**
幸徳秋水事件とも。１９１０～11年、幸徳ら多数の社会主義者・無政府主義者が明治天皇暗殺を計画したとして、大逆罪のかどで検挙・処刑された事件。数百名が逮捕され、24名に死刑が宣告、12名が処刑された。

＊8 **帝人事件**
１９３４年に起こった帝人（帝国人造絹糸）の株式売買をめぐる疑獄事件。斎藤内閣が総辞職したが、37年無罪に。軍部による倒閣をねらった冤罪事件とされている。

＊9 **大審院**
大日本帝国憲法下の最高の司法裁判所。現在の最高裁判所に該当する。

なったんですけど。それが唯一抜け道としてあるんですが、不起訴にすることはできない。それは検察官にしかできないんですね。

しかも、検察官って独自捜査機能を持っていて、それは認められてるんですよ。要は、起訴するだけじゃなくて、自分たちで捜査をすることができるんです。自分たちで起《た》ち上げた案件って、どうしても起訴したくなるじゃないですか。例えば警察がやった捜査を第三者的に起訴するかどうかを決めるっていうようなチェック機能ってあんまり働かなくて。だから特捜部がやった案件ってのは必ず起訴されるわけですね。などなど、ほかにもいくつかあるんですけど、そういうその非常に強大な検察の機能を、終戦後[*11]ＧＨＱは解体しようとしたんですけど、できなかったんです。検察だけは。

瀬戸内　なんでできなかったの？

堀江　なんでかっていうと、ＧＨＱの汚職をネタにユスられたからです。民政局、ＧＳかなんかだったと思うんですけど、汚職案件をネタにユスったんですよ。これをやるぞと。俺たちに手を出したらこれを

＊10 **三権分立**
法律を作る立法権、政治を行う行政権、裁判を行う司法権の三権に分けることで、権力の濫用を防止する仕組み。

＊11 **ＧＨＱ**
連合国軍最高司令官総司令部（General Headquarter）。１９４５年太平洋戦争終結に際して連合国（主にアメリカ）が講和条約発効の52年まで設置した対日占領政策の実務機関。

やるぞと。で、取引をして、さっき言った日本の検察が持っている強大な力を維持できたんですよ。つまり、明治時代からずっと変わらないそのままの旧組織であるのは検察くらいですよ。

瀬戸内　ああ、なるほど。

冤罪事件、多い

堀江　恐ろしい組織ですよ、あれこそが。戦前のそういう恐い雰囲気っていうのは彼らが醸成してるわけで。しかも、彼らは戦争の責任ってのは一切とってない。自分たちがあれだけ戦争を煽《あお》ったひとつの大きな原因だったにもかかわらず、全く反省もせずにいまだに同じようなことを繰り返してるという。

瀬戸内　冤罪事件多いわよね。

堀江　多いですよ。*12村木厚子《むらきあつこ》さんの事件。小沢一郎さんの事件もそうだし。

***12 村木厚子さんの事件**
2009年、不正に障害者郵便制度を悪用しているとして厚生労働省職員村木厚子が大阪地方検察庁特捜部主任検事前田恒彦により逮捕・起訴された。しかし後に前田検事の手によるフロッピーディスクの証拠改ざんが明るみに出て、上司を含む検事3名が逆に逮捕される事件となった。

***13 独任制**
行政機関などがひとりの人間で構成される制度。大統領、各省大臣、知事など。対して複数構成の場合は合議制という。

***14 富士茂子の裁判**
《昭和二十八年十一月五日午前五時すぎのことであった。／（中略）ラジオ商、

瀬戸内　堀江さんの事件も？（笑）

堀江　あ、僕のやつは、ちょっとやられすぎましたけどね。狙われると逃げられない。

瀬戸内　そうそう！

堀江　それも、検察官って*13独任制《どくにんせい》官庁なんですね。なので検察官は自分の責任で起訴できるんですよ。ひとりで捜査してひとりで起訴できるんですよ。一応は法務省の組織になってるんで上司に決裁はとるんだけど、まあその気になれば自分で全部進められるんで、それは相当に恐ろしいですよ。特に地方の検察庁に行くと、上司とかほとんどいないんで。なのでけっこう冤罪事件が作られやすい土壌がありますね。

瀬戸内　捕まったら最後、ほんとに逃げられないみたいよ。冨士茂子*14の裁判ね、私最後まで支援して、二十四年くらい関わってるんですよ。彼女の死んだ後もね、再審の請求して。結局最後、彼女の死後に*15勝ったんですけどね。冨士さんがまだ生きていた頃いろんな話聞いたけど、拘置所には入らないとあそこのひどさがわからないって。裁判

三枝亀三郎（当時五十歳）が、自宅奥四畳半の間で、何者かに殺害された。傷は刃物のようの（編集注：原文ママ）もので、腹部、胸、頸と、めった突きにされ、残虐を極めたものだった。／（中略）事件は迷宮入りになるかと思われてきた翌二十九年六月、徳島地検は、犯人内部説を唱えはじめ、（中略）内妻冨士茂子を、偽装殺人容疑で逮捕した。／（中略）茂子は終始犯行を否認、無実を叫びつづけたが、結局（中略）懲役十三年を言い渡された》瀬戸内・冨士共著『恐怖の裁判　徳島ラジオ商殺し事件』（読売新聞社）より

*15 **死後に勝った**　日本初の「死後再審」の行われた判例である。

の矛盾してることとかつらさは経験しないとわからないって。そのとき本当にね、本当に裁判ってイヤだと思いましたよ。いったん捕まったらもう大変。だから、こんな頭のいい堀江さんが、どうして捕まったかと思うの。

堀江　えっえっ！

瀬戸内　なんで防げなかったの？

堀江　いやあ、まさか僕、検察官という人たちがいるってことは知ってはいたけど、一生そういうおつきあいすることはないと思っていたので、全くノーガードでしたね。そもそも一応なんでも合法的にやってるようにしてたつもりだったので、ああいうふうに持っていかれるとは実際のところ思わなかったです。

瀬戸内　もちろん弁護士もつけたでしょ？　優秀な人を。

堀江　いや、弁護士が優秀とかじゃないんですよ。あれって、結局ターゲットたちがどういうふうな意図でやっていたのかを調べ上げる、要は基本「自白」とりなんですよね。政治家の人とかだったら別ですけど、普通のホワイトカラーのサラリーマンみたいな人って、そういうのに弱いじゃないですか。根性ないんで、執行猶予とれるんだったら何でも言います、みたいな。検察が作り上げたストーリーに乗っかりますよ、っていうふうにみんな思うんですよ。僕の場合、あのときは全員執行猶予になると思ったんですよ。結局ひとりだけ実刑になりましたけど。で、捕まってもいない人は捕まりたくないんで、当然検察の意向に従うじゃないですか。となるともうどうにもならないですよね。僕がひとりですべて把握してるんだったら別ですけど。僕の場合は、僕がひとりでいくら抵抗したところで、それはどうにもならないんですよ。

瀬戸内　ラジオ商殺しのときなんか、冨士茂子が夫を殺したという証拠が何もないのよね。そうするとね、店員が二人いたの、十四、十五の店員が。その店員を捕まえて「本当のこと言え」って。店員は捕まえられたことが恐ろしいから早く帰りたいでしょ。だから「とにかくこうだったって言え」って。何度も呼び出して「女の人が来て刀、渡されただろ」「その刀を奥さんに渡しただろ」「その刀を使って奥さんが殺しただろ」ってね。「その刀はどこへやった」とか「川に投げただろ」とかね、話ができてるんですよ。それを一日に四回も五回も繰り返すんだって。毎日同じ話を繰り返し聞かされたら、本当に自分が誰かから刀をもらって、それを奥さんに渡したような気がしてくる。そりゃそうでしょ、年端《としは》もいかない子だからね。それで「そうかなぁ……」って言ったら、「ほら！」って言って「もう決まった」って言われるんだって。

あるいは、茂子さんには子どもがいたんですね。自分のと先妻の子とが何人かいたんですよ。そしたら検察がこういう言い方するの。「お前が白状しない限り、子どもたちが困るんじゃないか」って。そういう攻め方。すごい意地悪なの。そのとき、茂子さんの子どもはまだ小学校の下級生だったんですよ。それを法廷に連れ出して、なんか証人みたいに言わせるの。でもその子が怒ってね、「あのおっちゃんが嘘を言えって何度も言ったじゃないの！」って怒鳴ったの。だけど子どもが言うことだから、その場ではみんなハハッってごまかすのね。でもそれ本当のことなのよ。もうね、何もかも、人間のことを壊して平気なのよね。だから茂子さんが言うの、「あそこは入ってみないとわからない」って。「入ったら、そうせざるを得ないようにされる」って。

堀江　その気持ちはすごくわかりますよ。僕のケースだって、二〇〇六年の一月に捕まってるのに、その対象とされた事件って、〇三年から〇四年にかけてのお話なんですよ。もう二年以上前のことを「詳細に覚えてないのはおかしい」って言われるんですよ。おかしいって、二年前にどこで何してたかなんて覚えてるわけないでしょ！「大事なことだから覚えてるはずだろ」って言われたって、大事か大事じゃないかはあなたじゃなくて僕が決めるんだから、って。というふうに、ずっとその議論してましたよ。メール見せてくれたら思い出すかもしれないから見せろって言っても見せないんですよ。「自分の記憶で語りなさい」って言われて。「だから、記憶がない、って言ってんの！」みたいな感じです。彼らが他の人にどういう取り調べをしてたかは僕は知らないですよ。でも僕の場合はずっとそれでしたよ。

瀬戸内　堀江さんも強いけど、茂子さんなんかも気が強かったのよ。だから、殺しなんてしてないけど裁判の仕方に嫌気がさして、「外へ出ていって自分の手で真犯人を探す」なんて無茶なこと言って、誰にも相談しないで裁判を下りたんですよ。だから私たち支援団は困った。彼女が生きている間は再審もできなくて。でも、死んでようやく再審になって無罪が証明されました。

検事が総理大臣になった

堀江　検察は即時抗告[16]するんですよね。

瀬戸内　そう！　この即時抗告が恐いのよ。私、裁判の結果聞くとき、よくニュースで《勝訴》って紙を掲げて喜んでたりするのを見るけど、その人たちに「まだソクジがあるのよ」って叫びたくなる。あれはほ

＊16 **即時抗告**
抗告とは訴訟上の不服申し立てのこと。裁判所の決定に対し、即時（一定期間内）の申し立てが認められている。

＊**17 市川房枝**
1893〜1981。政治家、活動家。戦前・戦後にわたり婦人参政権運動を主導した。

＊18 **「即時抗告がまだあります」**
《昭和五十五年十二月十三

んと恐い。私もかつて茂子さんのとき、喜んだんですよね。階段をばーっと足音高く降りてきた人が「勝った勝った」って叫びながら《勝訴》と書いた紙を掲げて走ってくるんです。階段の下の廊下で[*17]市川房枝さんと二人で待っていたんですけど、私も思わず飛び上がって「勝った！」って歓声を上げた。でも、横にいた房枝さんが「違います」って静かな声で言う。[*18]「即時抗告がまだあります」って。びっくりしましたよ。

堀江　最近では[*19]袴田《はかまだ》事件の再審決定がなされましたね。これも静岡地検は不服として即時抗告。

瀬戸内　ひどい話ですね。ほんとに世の中、冤罪が多いんです。無実の罪を着せられたような人がいっぱいいるんですよ。ラジオ商殺しの事件以降、私のところにもそんな人たちから連絡がいっぱいくる。「助けてくれ」って。ほかにもう一件関わったけれど、でもあんなに力のいること二度とできない。関わったらわかりますよ。手伝ったら自分の生活がなくなる。だから、もうできない。

日、徳島地裁で、冨士茂子の第六次再審請求の決定の日であった。とても寒く、雪さえ舞ってきた。／市川さんは多忙を極めている中を、わざわざ来徳され、私と二人で、裁判所の階下の廊下の椅子に、体を寄せあって決定を待っていた。／（中略）「再審決定」の旗を手に手に男たちが駆け下りてきた。／（中略）その時、市川さんが、ぞっとするような冷静な声でつぶやいた。／「いいえ、まだ安心出来ない。地検は上訴するかもしれない。悪い制度です。ドイツなどにはとっくにそんな制度はなくなっているのに」（中略）老体の市川さんが、しきりに咳き込んでいるのが痛々しかった》瀬戸内『奇縁まんだら 終り』（日本経済新聞出版社）より

堀江　袴田事件では、とあるサイトで事件を担当した刑事・検事・裁判官が実名で告発されていましたね。素晴らしい。どんどんやるべきです。これは刑事司法と癒着している旧来のマスメディアにはできないこと。冤罪であっても、担当官は処罰されないんだから、少なくともこういう形で社会的な批判を浴びるべきでしょうね。そういう覚悟を持って推定[＊20]無罪の原則で刑事責任の追及を行ってほしいと思います。それにしても、袴田事件の再審決定はいい意味で驚きですね。画期的。裁判所というものも、検察と並んで、それはもうひどいものなので。

瀬戸内　いい加減よね。

堀江　裁判官というものが根性がないから、無罪判決なんてなかなか書かないんです。裁判所の、例えば東京地裁の刑事第十四部に「令状部」ってのがあるんですよ。令状とか強制捜査令状とか勾留《こうりゅう》請求の審査とか保釈請求の審査とかをやるところですが。そいつらがまた根性ないんで、基本的に勾留請求きたらもうほとんど無条件にオーケー出すんですね。「この被疑者は罪証隠滅および逃亡の恐れがあるので」

＊19 **袴田事件**
1966年、静岡県清水市の味噌製造会社の専務宅で出火、一家4人の遺体が無数の刺し傷とともに発見、後に従業員で元プロボクサーの袴田が逮捕された。自白に至るも、検察による過酷な取り調べにより強要されたとされる。2011年証拠品の血痕のDNA鑑定が行われ一致せず、14年再審開始が決まるという、50年にも及ばんとする世界的にも異例の長期冤罪事件。

＊20 **推定無罪**
疑わしきは罰せず。何人も有罪とされるまでは無罪と推定される、刑事裁判上の基本原則。

とかって書いたら、それだけで勾留が認められるんですよ。まずそういう審査を彼らは真面目にやらないし、捜査令状もすごく簡単に出します。検事の言うことをだいたい鵜呑《うの》みにしますね。検察が請求したものに関していうと、それぞれの担当官の作文で、これこれこういう恐れがあるから強制捜査をしたいって書いたらだいたいオーケーなんですよ。裁判官、いい加減なんですよ。その上で、しかも無罪判決書けないでしょ。最近ですよ、やっと書いてもいい雰囲気が出てきたのは。村木厚子さんの冤罪事件以降ですね。無罪判決、書いてもいいんじゃないかなあ、みたいな雰囲気が確かに出てきましたよね。こないだ*21クレディ・スイスの脱税事件も無罪判決が出て。検察は上告しなかったんですね、高裁で無罪判決出たんで。*22八田隆《はったたかし》さん、経緯を本にしましたね。面白い。

瀬戸内　そういった検察の形は日本だけなの？

堀江　いや、どこでもそうなんですよ。検察官になる人って、海外だと、人気取りですよね。要は派手な事件を自分で作って、それで有名

*21 **クレディ・スイスの脱税事件**
クレディ・スイス証券集団申告漏れ事件。２００８年国税局が従業員らに税務調査、ほとんどが正しく税務申告していなかったという事件。重加算税の徴収を不服とした元部長八田氏が刑事告発されたが、13年無罪判決に。八田氏は検察特捜部の取り調べの様子をツイッター上で中継し、公判とともに「参加型イベント」として徹底抗戦、話題を集めた。

になって政治家になるとか。アメリカもそうです。例えばルドルフ・ジュリアーニ[*23]がそうですよね。ブルームバーグの前のニューヨーク市長だった人なんですけど、彼がやったのが、ジャンクボンド債のマイケル・ミルケン[*24]の起訴。僕はよくマイケル・ミルケンと比較されることが多いんですよ。二十年くらい前、アメリカに僕みたいな人がいたんです。「ジャンク債」「ジャンクボンド」っていう、要はクズ株を債券化した金融商品を作った。今、企業再生とかにそのジャンクボンドってのは広く利用されてるんですけど、それを作り出して巨万の富を築いた男を逮捕起訴したのが当時の検察官ジュリアーニで。それで有名になって彼の名前が売れ、ニューヨーク市長になったんです。

瀬戸内　日本だって旧刑法のときなんかね、裁判官が手柄たてるでしょ。罪人ができるでしょ。そうするとその人が優秀だっていうんで、政治家になり、やがて総理になったり。最近はあまり聞かないわね。

堀江　ああいうふうにはならないですね。アメリカの場合、地方検事の多くは選挙で選ばれるんです。

＊22八田隆さん、経緯を本に
八田隆『勝率ゼロへの挑戦　史上初の無罪はいかにして生まれたか』（光文社）。
《歪んだ正義を振りかざす国税・検察。決して間違いを認めようとしない巨大な敵にドン・キホーテのように単身で立ち向かい、勝利をもぎ取った、いつでもポジティブで明るく困難に立ち向かう男の奇跡の物語である》（堀江のコメント）

＊23ルドルフ・ジュリアーニ
1944〜。政治家。連邦検察官、連邦検事を経て、ニューヨーク市市長に（在任94〜2001年）。

＊24マイケル・ミルケン
1946〜。アメリカの投資銀行家。「ジャンクボン

瀬戸内　ところで堀江さん、戦争を起こす起こさないは、検察が関わってるってことかしら？

堀江　戦争が起こるひとつの装置ではありますよね。

瀬戸内　でもそんなこと誰も言わないでしょ？

堀江　誰も言わないですよ。だって知らないもん。みんな歴史を知らないから。先ほどお話しした特高警察というものはすごい有名ですけど、その背後に検察がいたって話は知られてないし。こういったことはジャーナリストの*25魚住昭《うおずみあきら》さんに教えてもらったことなんですけど。それはまあ語りつくせないくらいすごいですよ。そうそう、戦前の検察を作った男は、あの人ですよ。*26平沼騏一郎《ひらぬまきいちろう》。

瀬戸内　ああそれ！　大逆事件で手柄を立てて、そのあと首相になった人でしょ。

堀江　こいつが、検察中興の祖です。

瀬戸内　それが一番悪い奴《やつ》よ、大逆事件では。

堀江　そうです、一番悪い奴（笑）。はい。

ドの帝王」と呼ばれた。89年、インサイダー取引などで起訴、投獄されるも、出所後仕事を再開、長者ランキングにもランクイン。

＊25 **魚住昭**
1951～。ジャーナリスト、ノンフィクション作家。共同通信社退社後、『特捜検察』『特捜検察の闇』『渡邉恒雄メディアと権力』などで、社会的タブーに挑み続ける。『野中広務差別と権力』で講談社ノンフィクション賞受賞。現在も責任総編集ウェブマガジン『魚の目』など、精力的に活動中。

瀬戸内　それは私もずっと書いてます。大逆事件の裁判はもうほんとに検察がひどいんですよ。知れば知るほど。それを書いた小説では、私のが一番よくできていて面白いのよ。

堀江　まさにそうですよね。本当にひどい事件でしたね。あのときから検察は組織の体質、何も変わっていません。

瀬戸内　そのときの裁判、いろんな取り調べのこと、私は丁寧にそれを調べて学んで本[*27]に書いたからね、以来検察とか絶対信じないのね。あれにひっかかった女性たちはみんな自分で記録を書いています。書いといてくれたからわかったわけです。それを見ると検察はほんとひどいひどいやり方でね。でも、冨士茂子さんの戦後昭和の裁判でもそのときのやり方と全く同じなんですよ。恐ろしいことです。裁判はひっかかったらお終《しま》い、負けると思うようになった。すごいやり方するのよ。

堀江　平沼騏一郎は、大審院検事局の検事総長、そのあと大審院長になって、首相になりました。

***26平沼騏一郎**　1867〜1952。司法官僚、政治家。大審院検事局検事総長を経て、第35代内閣総理大臣に。戦後A級戦犯とされ終身刑のあと病気で仮釈放、のちに病死。78年には靖国神社に合祀される。

***27本に書いた**　瀬戸内『遠い声』（新潮文庫）では大逆事件のただ一人の女囚・管野須賀子、『余白の春』（中公文庫）では朴烈《ぼくれつ》事件で獄死した金子文子について詳しく書かれている。

瀬戸内　どんどん出世した。

堀江　検察の力ってものが、いかに政治的に利用できるかってのを初めて発見した男ですね。法曹界で権力を持ち、保守右派勢力の中心人物として暗躍し、帝人事件や企画院事件[*28]を引き起こすっていう。

瀬戸内　でも、平沼は結局最後にはA級戦犯となりましたね。自分が裁かれる身になったとき、平沼は大逆事件で自分が殺した無実の人たちのことを思い浮かべなかったかしら。

国の怪しい動きは警戒しとかなきゃだめ

堀江　それにしても、これだけ不祥事、冤罪があるのに検察そのものを変えようという話は聞かないですね。そこはすごく不思議で。検察に関してだけは政治家も動こうとしないんですよね。

瀬戸内　だって、よく政治家もとっ捕まるじゃないの。

堀江　ですね。だからそういうことをすごく恐れてるんでしょうね。

＊28 **企画院事件**
1941年企画院の調査官ら17人が治安維持法違反容疑で検挙された事件。終戦後、無罪とされた。被検挙者の多くは左翼運動経験者であり、治安維持法を悪用した左翼弾圧事件と見られる。

瀬戸内　*29田中角栄《たなかかくえい》だって捕まったんだからね。あのとき、なんで角栄のような人が捕まるのか、と単純に思ったもの。

堀江　ただ、でもどうなんだろう？　検察の恐さって、やっぱり実際に自分で捕まってみないとわかんないんじゃないですか。政治家にとっても問題意識として、ないんじゃないかなあ。

瀬戸内　小沢一郎さんの陸山会《りくざんかい》事件なんかも結局は無罪だったわけよね。

堀江　そうですよね。

瀬戸内　あの人ってね、会うとそんな恐い人じゃないのよ。

堀江　そうですね。

瀬戸内　寂庵にも見えたんですよ、誰の紹介か忘れたけど。そのとき、私、小沢さんに「あなたなんでそんないつも仏頂面してるんですか？」って聞いたの。「器量が悪いってことにコンプレックスがあるんですか？」って言ったら、びっくりして（笑）。「あなたはよいお顔ですよ、男らしいきりっとした顔ですよ。だから笑いなさい。その顔

＊29 **田中角栄**
1918〜1993。政治家。第64・65代内閣総理大臣。著書『日本列島改造論』が話題を呼んだ。戦後最大の外交課題のひとつ、日中国交正常化を成し遂げた。
《政治家では、何といっても田中角栄さんが強烈な個性の人であった。／角栄さんの今太閤的出世ぶりは劇的で、誰でも好き嫌いを抜きにして目を見張ったものだ。今から思いかえしても、あの頃の政治家は堂々とした人が多かったと思う》瀬戸内『奇縁まんだら　続の二』（日本経済新聞出版社）より

で笑ったら、もっと女の票が集まる」って言ってあげたのよ。そしたらね、翌日テレビに出てたんだけど、にこっと笑ったの。いい顔で。うちでもスタッフみんなで見てて大笑い。ああ笑った笑った、って。そんなかわいらしいところがある。あれ以降よくテレビでも笑うようになった。

堀江　冤罪事件で政治家が失うものは大きいですよね。

瀬戸内　本来民主党を離れて期待されるべき新党なのにね。

堀江　そうでしょうね。だから検察側としては目的は達成されたと思ったんじゃないですか。小沢さんに関して言えば。

瀬戸内　陰謀？

堀江　うーん、「強権」なだけですよ。強権です、検察官って。だって、こう言っちゃなんですけど、ものすごい勉強して司法試験に受かって、わざわざ検察官を選ぶんですよ。もう変態としか思えないですよ。

瀬戸内　（爆笑）。そういうこと言ったら、これからは秘密保護法にひつかかるのよ。

堀江　（笑）。普通なら弁護士になるでしょ？　そっちを目指すと思うんですよ。でも検察官になるって、変態だと思いますよ。検事になんか普通ならないですよ。またそれをテレビが一緒になって、検察官礼賛みたいな番組作るじゃないですか。例えば木《き》村《むら》拓哉《たくや》が主演した『H[*30]ERO』。ヒーローですって、検察官が！（笑）　もうそれでまた持ち上げてるわけですよ。マスコミと検察って共同体なんで。検察が事件を作って、リークして、それをマスコミが報道して喜ぶ、みたいな。マスコミにとってはすごくおいしいんです。コンテンツを供給してくれるんで。

瀬戸内　世間はそれを丸ごと信じて、バッシングする……いやだわね。結局それも戦前の構図と変わってないのね。

堀江　完全にあの人たち……検察の人たちって世間の風を読みながら動くんですよね。だから最近の検察は、身を亀のように隠して、確実な案件しかやらないですよ。

＊30『HERO』
木村拓哉・松たか子主演のテレビドラマ、映画。検事と検事事務官のコンビの活躍をコミカルに描いた作品。01年に「月9」枠で、14年には続編が同枠で放送された。

瀬戸内　いやだね。過激な発言する人は虎視眈々《たんたん》と狙われているのよ。

堀江　まあだから、冒頭の話に戻りますが、そういうわけで僕はどっちかっていうと軍隊より検察とかのほうが恐いな、って思うわけです。日本の場合は自衛隊、彼ら自身がすごく抑制的に行動しなければいけないっていうふうに思ってるわけで。そういう点では、*31田母神俊雄《たもがみとしお》さんみたいな人が出てくるのは実はとても恐いことなんですけど。田母神さん、都知事選でけっこう票をとったじゃないですか。危ないですよ、あれ。

瀬戸内　国のいろんな怪しい動きはみんな警戒しとかなきゃだめよ。毎日警戒し続けてちょうどいいくらいです。もうその動きは完全に始まっているからね。特定秘密保護法なんてものができて、検察なんかはまた水を得た魚なんじゃないかしら。

堀江　まあ検察は喜びますよね。

瀬戸内　検察が恐いっていうことで、みんなが口をつぐむ。それは戦前と同じなのよ。捕まっちゃうんだから。私も相当勝手なこと言った

＊31 **田母神俊雄**
1948～。元航空幕僚長、元軍事評論家。14年東京都知事選に無所属で出馬、落選するも、61万票を集め4位につけた。

りするけどね、とっ捕まらないようにだけは気をつけてる（笑）。とっ捕まったら最後だと思って。

堀江　ですね。それは事実です。ヤバイですね。

おわりに

堀江貴文

寂聴さんは一九二二年生まれ、僕は一九七二年生まれだから、計算しやすい。ぴったり五十歳違うのである。

その五十歳年上の女性と、京都と東京で、幸運にも光栄にも四回にわたって会え、話し込んだ。その記録である。

ある日の寂聴さんは新幹線で東京に来られて、僕との対談が終わるやそのまままた京都にとんぼ帰りなのだという。ぶっ飛んだ。

「だって原稿たまってるんだもの」

当時、九十二歳を迎えていたが、涼しい顔で東京日帰りだなんて。カッコいい。

初回対談は嵯峨野《さがの》〈寂庵〉。冬の午後の明るい陽ざしの中で「死」について話した。そもそもこの「死ぬってどういうことですか?」ということが第一回のテーマだった。

「死んだら向こう岸では私の愛する人がいっぱい待ってくれてて歓迎パーティをしてくれるのよ」と寂聴さんは笑って言った。「そのとき誰に一番最初に声をかけようかな?」なんてことで迷われているそうだ。僕の思ってもみないようなことをたくさん考え、おっしゃる人である。

その日対談を終えると、僕の持参のシャンパンの栓がすぐに抜かれた。目の前に広がる寂庵の静かな居心地のいい庭は、寂聴さんそのもののようだ。彼女を支える若いスタッフが用意してくれた山海のつまみでいい感じになると、「天ぷら食べに行きましょうよ」と総勢八名で嵐山へ。桂川を見ながらかなり早い時間、吟醸酒を傾けつつ、たっぷりの大御《ご》馳走《ちそう》になった。琵琶湖産の天然大ウナギに驚く。それ以上に寂聴さんの健啖家《けんたんか》ぶりに驚く。「それにしたって、死ぬ話の本なんか誰も買わないわよ。しんきくさい」なんて編集者に言う寂聴さんは、つくづく生きる気満々の人で、たのもしい。そういうわけで二回目以降は「生きる話」に変わっていった。

本書は「対論」になっただろうか。

僕はただただ楽しかった。勝手なことをしゃべって、寂聴さんも負けずに勝手にしゃべった。周囲は「意外と二人の意見が一致してる」と言うのだが、そうかもしれない。「意外と寂聴さんのほうが厳しいこと言ってる」とも。そうかもしれない。

五十年違うから、生きてきた時代が全く違うものの、結婚観にしても、死生観にしても、社会に対峙《たいじ》する姿勢も、芯《しん》はブレず、非常に柔軟だ。当然ながら知識・教養もたっぷりあり、興味・好奇心もいっぱいで。全く意見が嚙《か》み合わなかったのは原発の話くらいだろうか。

最初に出会った頃から思っていたけれど、寂聴さんの人との接し方はひとつの理想型だ。いい意味でプライドがない。普通は歳をとればとるほどプライドが高くなってしまって、どんどん周りを寄せつけなくなって、結果として人が離れていく。人を失っていく。孤独なエラい老人って多いでしょう。それはさびしいことだ。

そういう意味で、寂聴さんの有りようはこれからの人間の生き方を先取りしていると思うのだ。誰とでも仲良くなれる。誰とでも話せる。生きてる限り新しい友人が増えていく。そういう能力がとても高い。

「それは寂聴さんだからできるんだよ」って人は言うのかもしれないが、そんなことはない。寂聴さんと同じような生き方は、心がけ次第でできるはず。

あのお歳でああやって周りに人がたくさんいるのは本当に幸せなことだと僕は思う。あれだけの人がいて（あの世でも大勢が待っていて）、仕事もバリバリしてて、ごはんをおいしく食べて、みんなに御馳走して、下ネタもバンバン、悪口も……最高ではないか。非常にいい歳の取り方だ。

そういうふうにみんな生きたほうがいいんじゃないかな。

女も男もみんなそうなればいいのにな。

というのがこの一連の「対論」を終えて、僕の最も感じたことだ。

本書は二〇一四年九月小社より刊行の『死ぬってどういうことですか?』を再編集し、新書化したものです。

瀬戸内寂聴（せとうち・じゃくちょう）
1922年、徳島県生まれ。作家、僧侶。1957年「女子大生・曲愛玲」で新潮社同人雑誌賞受賞。1963年『夏の終り』で女流文学賞を受賞。1973年に平泉中尊寺で得度受戒。法名・寂聴。1996年に『白道』で芸術選奨文部大臣賞受賞。1997年文化功労者受章。1998年、『源氏物語』現代語訳完訳。2006年、イタリア国際ノニーノ賞、文化勲章受章。2011年に『風景』で泉鏡花文学賞受賞。

堀江貴文（ほりえ・たかふみ）
1972年、福岡県生まれ。SNS株式会社ファウンダー。東京大学在学中にインターネット関連会社のオン・ザ・エッヂ（後のライブドア）を起業。2000年、東証マザーズ上場。時代の寵児となる。2006年、証券取引法違反で東京地検特捜部に逮捕され、実刑判決を下され服役。現在は、自身が手掛けるロケットエンジン開発を中心にスマホアプリのプロデュースなど幅広く活躍。

生《せい》とは、死《し》とは

瀬戸内寂聴《せとうちじやくちよう》・堀江貴文《ほりえたかふみ》

2016年4月10日　初版発行

発行者　郡司 聡
発　行　株式会社KADOKAWA
東京都千代田区富士見2-13-3　〒102-8177
電話　0570-002-301（カスタマーサポート・ナビダイヤル）
受付時間　9:00〜17:00（土日 祝日 年末年始を除く）
http://www.kadokawa.co.jp/

編集協力　沢田康彦
装丁者　緒方修一（ラーフイン・ワークショップ）
ロゴデザイン　good design company
オビデザイン　Zapp!　白金正之
印刷所　暁印刷
製本所　BBC

角川新書
© Jakucho Setouchi, Takafumi Horie 2014, 2016 Printed in Japan
ISBN978-4-04-082083-5 C0295

※本書の無断複製（コピー、スキャン、デジタル化等）並びに無断複製物の譲渡及び配信は、著作権法上での例外を除き禁じられています。また、本書を代行業者などの第三者に依頼して複製する行為は、たとえ個人や家庭内での利用であっても一切認められておりません。
※落丁・乱丁本は、送料小社負担にて、お取り替えいたします。KADOKAWA読者係までご連絡ください。
（古書店で購入したものについては、お取り替えできません）
電話049-259-1100（9：00〜17：00/土日、祝日、年末年始を除く）
〒354-0041　埼玉県入間郡三芳町藤久保550-1